PAYS INFINI

Patricia Engel, d'origine colombienne, est l'autrice du très remarqué *Vida*, Notable Book of the Year du *New York Times* et finaliste du PEN/Hemingway Fiction Award. Depuis, elle multiplie les distinctions littéraires, parmi lesquelles le Dayton Literary Peace Prize pour *Les Veines de l'océan* (2017, Flammarion). *Pays infini* est son troisième roman publié en France.

PATRICIA ENGEL

Pays infini

ROMAN TRADUIT DE L'ANGLAIS (ÉTATS-UNIS)
PAR FRANÇOISE DU SORBIER

JC LATTÈS

Titre original :

INFINITE COUNTRY
Publié par Avid Reader Press,
un département de Simon & Schuster, Inc.

ISBN : 978-2-253-24709-8 – 1re publication LGF

À mes parents et à mon frère

Mi patria es la tierra.
Ma patrie est la terre.

Arturo Salcedo Martínez,
Sentido de Patria

Le diasporisme est mon mode de vie.

R.B. Kitaj,
Premier manifeste diasporiste

1

C'était son idée de ligoter la religieuse.

Les lumières du dortoir étaient éteintes chaque soir à 22 heures. Enfermées dans leurs box, les filles avaient ordre d'observer un silence de cimetière avant de dormir, éveillées à l'aube pour les prières du matin. Les religieuses considéraient le silence comme une arme et répétaient aux filles que lui seul pouvait leur permettre de découvrir leurs personnalités sans être esclaves des tentations de ce monde.

À vrai dire, les religieuses n'étaient pas toutes si mauvaises. Talia en aimait bien certaines. Admirait même la façon dont elles avaient réussi à transformer l'essentiel de la population carcérale en sages *damitas*. C'était une institution d'État. Une prison-école pour jeunes délinquantes. Pas un couvent, et plus une école paroissiale. Le personnel laïque rappelait aux religieuses qu'il fallait viser la sécularité, mais dans ces montagnes où les missions religieuses s'étaient implantées, les sœurs faisaient comme elles l'entendaient.

Pendant la journée, sous leur surveillance, les filles s'exerçaient à garder les yeux baissés. Elles suivaient les cours, les séances de thérapie, les groupes de méditation, exécutaient les corvées revêtues du sweat gris de l'uniforme, les cheveux bien tirés. Défense de parler et d'avoir le moindre contact physique, un interdit qu'elles bravaient dès qu'on ne les regardait plus.

Le soir, une fois le dortoir plongé dans l'obscurité, elles se réunissaient pour discuter sous les fragments de clair de lune découpés par les carreaux. Lorsque les religieuses patrouillaient dans les couloirs à l'extérieur des box, elles devenaient des muettes expertes, lisaient sur les lèvres, inventaient leur propre langue des signes, se déplaçaient comme des chats, furtives comme des voleuses. Elles veillaient au bruit qui pouvait s'entendre à l'étage inférieur, attentives à la moindre vibration des lattes du plancher. Les gardiennes chercheraient les fauteuses de troubles, celles qui avaient enfreint les règles, et leur châtiment serait programmé dès l'aube.

La nuit de l'évasion, les filles firent du bruit exprès, afin que la sœur de garde vienne leur dire de se tenir tranquilles. C'était sœur Susana qui était de service de nuit. Il y avait beaucoup de recrues tardives parmi les religieuses, rescapées d'une vie ratée. Le bruit courait que sœur Susana avait été mariée et que son mari avait demandé le divorce car elle ne pouvait pas avoir d'enfants.

L'initiative du plan revenait à Talia. À moins qu'il ne faille en attribuer le crédit à son père. Cet après-midi-là, on avait accordé à l'adolescente la permission exceptionnelle de lui téléphoner du bâtiment administratif. Les contacts avec les familles étaient restreints car le personnel estimait qu'ils pouvaient avoir une influence désastreuse sur les pensionnaires. Talia avait espéré entendre Mauro lui annoncer qu'il avait trouvé le moyen de la faire libérer, de faire lever sa condamnation. Qu'il avait payé une amende ou convaincu l'un des riches résidents de l'immeuble où il travaillait comme gardien d'intervenir en sa faveur.

On ne sait jamais qui est susceptible d'écouter une conversation, surtout dans un établissement qui avait presque tout d'une prison pour mineures et où certaines pensionnaires étaient des meurtrières en puissance. Talia et Mauro surveillaient leurs échanges. Il avait tout essayé, expliqua-t-il. Il ne pouvait rien faire de plus. Elle comprit. Se libérer de cette prison, de ce pays, incomberait à elle seule.

Avec l'aide d'une autre fille, elle passa une heure à déchirer des draps, à les tordre comme du fil de fer pour façonner un boyau mince, une sorte de corde. Elle compta jusqu'à mille dans le noir, puis donna le signal aux autres filles, qui se mirent à crier : « Au feu ! Au feu ! Au feu ! »

Sœur Susana apparut dans l'encadrement de la porte. Talia attendait pour la saisir par-derrière et lui passer une taie d'oreiller sur la tête. Elles avaient découpé des trous pour la respiration car elles n'avaient pas l'intention de tuer leur prisonnière, seulement de la paralyser de terreur. Talia immobilisa la sœur pendant que les autres l'attachaient à une chaise avec les draps déchirés. Talia sentit le souffle chaud de sœur Susana sur sa main lorsqu'une autre fille fourra une chaussette dans la bouche de la religieuse pour étouffer ses cris.

À l'arrivée de Talia à la prison un mois plus tôt, sœur Susana l'avait fait venir dans son bureau et avait dit à l'adolescente de quinze ans qu'elle avait étudié sa vie, comme si le mince dossier posé sur son bureau, contenant les rapports de police et les évaluations psychologiques, pouvait révéler quoi que ce soit d'important.

— Vous n'êtes pas comme les autres filles d'ici, commença-t-elle.

Oh que si, aurait voulu répondre Talia. Elle n'avait pas envie de se démarquer, de faire figure d'exception si cela signifiait rabaisser les autres.

— Je crois que c'est votre désir de justice qui vous a poussée à commettre cet acte horrible. Mais vous avez blessé un homme. Vous auriez pu le rendre aveugle.

Une pause. Les bruits de voix de la cafétéria au bout du couloir. Elle savait que sœur Susana attendait une réponse. Une dénégation, peut-être. Plus probablement un aveu de culpabilité. Les religieuses étaient toujours à l'affût des remords.

— Voulez-vous changer ? Avec la foi et la discipline, tout est possible.

Talia n'est pas idiote, alors elle a répondu « oui ».

Les filles enfermèrent sœur Susana dans leur dortoir avec la clé que celle-ci utilisait tous les soirs pour les enfermer, elles. Personne ne s'inquiéterait d'ici le lendemain matin. C'étaient les religieuses et le personnel laïque qui s'assuraient que les filles étaient mises au pas et ne craignaient rien. Sur place, il y avait des agents de sécurité. C'étaient tous des hommes et les religieuses exigeaient qu'ils restent à côté des grilles de l'entrée pour éviter que les filles ne tombent amoureuses et qu'ils ne tentent de les séduire. Comme si ce risque était plus grave que celui d'une révolte où elles mettraient la prison en état de siège, ce qui se produisait fréquemment dans les prisons pour hommes. L'illusion que les femmes sont plus en sécurité avec d'autres femmes.

Les filles redevinrent silencieuses. Elles étaient douze dans un dortoir et le bâtiment en comptait quatre dispersés dans différents coins, chacun sous la garde de religieuses et de membres du personnel laïque qui se relayaient. Les filles se connaissaient toutes. Elles avaient des cours et des repas en commun chaque jour. Ce soir cependant, elles ne s'inquiéteraient pas des autres, pas plus que Talia ne s'inquiétait des filles avec qui elle avait prévu de s'évader. Celles qui étaient lentes ou négligentes risquaient de compromettre sa liberté. Elles iraient se réfugier chez des petits copains, des amis ou des parents prêts à les héberger. Mais elle, elle avait moins d'une semaine pour regagner Bogotá, se rendre à l'aéroport et quitter la Colombie.

Ensemble, elles dévalèrent l'escalier de service, sortirent par la porte de derrière avant de traverser le terrain de sport et d'escalader le mur en ciment couronné de tessons de bouteille qui les séparait de la route, comme elles avaient prévu de le faire. Elle s'éloigna alors du groupe, prit à l'est en longeant la cour et franchit la grille pour filer dans les collines boisées qui se déployaient en spirales et descendaient vers la vallée.

Avant son sprint final, elle s'arrêta dans un coin sombre et vit les gardiens du poste en bordure de l'allée de la prison scotchés devant l'écran d'une petite télévision. Elle supposa qu'il s'agissait de membres d'une force de police quelconque. Ils détenaient des armes et les filles étaient persuadées qu'ils avaient le droit de les poursuivre et de leur tirer dans les jambes s'ils les prenaient en train d'essayer de s'enfuir.

Seule, elle se mit à courir dans le brouillard à travers les taillis ; le sol était poussiéreux car il n'avait pas plu depuis plusieurs jours. Elle entendit des créatures nocturnes. Grenouilles. Hiboux. Insectes bourdonnants. La voûte des arbres laissait passer les bruissements de rongeurs ou de chauves-souris. Une heure s'écoula. Deux, peut-être. Les lumières se figeaient. Une route éclairée apparaissait en pointillé à travers le rideau des arbres. Elle la suivit jusqu'à ce qu'elle entende des chiens aboyer, l'avertissant qu'elle s'approchait trop des murs d'une *finca*. Elle descendit la colline, puis gagna une rue.

Si vous l'aviez croisée en voiture alors qu'elle marchait, vêtue de son uniforme de captivité trop grand pour elle, l'air perdu plus que résolu, vous n'auriez sans doute pas songé qu'elle pouvait s'être évadée de la prison pour mauvaises filles, là-haut sur la montagne, l'endroit censé redresser les criminelles en herbe.

Elle arriva près d'une station-essence loin de tous les chemins qu'avaient pu prendre les autres filles, s'approcha d'un homme à l'allure de grand-père en train de remplir le réservoir de son camion et lui demanda si elle pouvait faire un bout de chemin avec lui.

— Où vas-tu ? demanda-t-il.

— N'importe où sauf ici.

Elle savait que la prison était quelque part dans le département de Santander et que la ville la plus proche était San Vicente de Chucuri.

L'homme se gratta la barbe.

— Si je peux te donner un conseil, ne dis jamais à un inconnu que tu vas *n'importe où.*

— Je dois aller dans le Sud. Je vise Tunja, mais peu importe par quel chemin j'y arrive.

Elle ne voulait pas que l'homme sache que sa destination était Bogotá, au cas où la police l'interrogerait plus tard. De Tunja, au moins, elle savait qu'elle réussirait à rentrer chez elle.

L'homme déclara qu'il allait à Aratoca, mais qu'il la déposerait à Barichara. Beaucoup de touristes et de bus traversaient la ville, elle n'aurait pas de mal à poursuivre sa route à partir de là. Il ne démarrerait pourtant pas avant le lever du soleil. Il avait besoin de dormir quelques heures avant de reprendre la route.

Elle ne voulait pas repartir dans les bois. La police aurait bientôt ratissé la montagne et retourné chaque feuille de plante grimpante pour retrouver les filles. Elle dit à l'homme qu'elle resterait avec lui s'il voulait bien. Quand il eut fini de faire le plein, il déplaça le camion jusqu'à un espace en terre battue derrière la station-service et l'invita à le suivre. Elle attendit dans la poussière qu'il se penche pour ouvrir la portière du passager, puis il se réinstalla sur son siège qu'il inclina pour dormir.

— Tu peux faire pareil, lança-t-il, les yeux fermés. Je te promets que je ne te toucherai pas. J'ai deux filles. Pas aussi jeunes que toi, mais pour moi, ce sont encore deux bébés.

Elle eut une petite hésitation, largement feinte. Même s'il ne lui avait donné aucune assurance, elle serait tout de même montée. Elle grimpa dans le camion, abaissa le dossier de son siège au maximum de façon que sa tête soit invisible de la fenêtre. Disparut.

C'était arrivé derrière la cafétéria près du stade de foot de El Campín. Talia avait rendez-vous avec son amie Claudia et attendait qu'elle ait fini son service pour qu'elles aillent voir un film ensemble. Talia se trouvait dans l'allée près du restaurant et fumait une cigarette en compagnie d'un serveur qu'elle trouvait mignon, même s'il crachait parfois en parlant et utilisait un argot qu'elle ne comprenait pas. Deux des cuisiniers prenaient aussi une pause et discutaient dans un coin près de la benne à ordures.

Talia se vantait de son départ prochain et définitif de Bogotá. Sa mère lui avait finalement payé son billet pour le Nord. Elle allait rencontrer l'autre moitié de sa famille. Visiter New York et tous ces trucs de gringos vus dans les films et les comédies musicales. Sacrée veinarde, avait dit le serveur, et il lui avait demandé de lui écrire pour lui raconter tout ça. Elle avait accepté, sachant qu'elle ne le ferait jamais.

Les cuisiniers étaient accroupis et regardaient quelque chose à côté des poubelles. Le trottoir était couvert d'une crasse répugnante et de cafards morts. L'un des types repartit à la cuisine. À la place qu'il avait occupée se trouvait un petit chat roux au pelage tout collé. Elle s'approcha avec le serveur pour mieux voir. Elle était tentée de ramener le petit chat chez elle et de convaincre son père qu'il lui tiendrait compagnie quand elle aurait quitté le pays.

Tout se passa en quelques secondes. Le type qui était retourné à la cuisine revint d'un pas rapide avec un bol et, avant qu'ils aient eu le temps de dire ouf, il avait versé sur le chat un liquide fumant. L'animal se convulsa sous la vapeur. Chair cuite. Fourrure ratatinée. Il mourut sans un cri.

— Qu'est-ce qui t'a pris ? hurla Talia.

L'homme se contenta de rire et donna un coup de pied à l'animal, l'expédiant vers les poubelles comme une canette écrasée.

Encore aujourd'hui, elle ne peut décrire sa réaction que comme un réflexe enfoui. Une pulsion la traversa, comme surgie des entrailles de la terre. Elle se précipita à l'intérieur. Le serveur et les cuisiniers durent croire qu'elle allait se plaindre à Claudia. Mais non, elle se dirigea vers les fourneaux, trouva une marmite d'huile de friture bouillante, versa de l'huile dans un grand bol et sentit la vapeur lui lécher le poignet. Dans l'allée, quand elle fut assez près, elle lança le contenu du bol sur l'assassin du chat. L'huile ruissela de son crâne sur ses épaules, ses bras, ses mains. Il s'écroula au sol en hurlant, la peau soulevée d'ampoules, les paumes et les doigts bientôt gonflés comme des patates douces.

On n'eut pas à la maîtriser car elle ne prit pas la fuite. Elle savait qu'il ne mourrait pas. Si elle avait voulu le tuer, elle aurait apporté toute la bassine, ou aurait saisi un couteau et pas seulement un bol. Le personnel des cuisines entoura le blessé et se mit à prier tandis que Talia s'adossait au bâtiment en attendant la suite.

L'ambulance arriva rapidement. La police mit plus longtemps, ce qui était normal. Des infirmiers enveloppèrent le blessé – Talia avait eu le temps d'apprendre qu'il s'appelait Horacio – dans une couverture de survie alors qu'il sombrait dans un délire provoqué par le choc. Les policiers la menottèrent et recueillirent les dépositions des témoins. Claudia sortit du restaurant et demanda ce qui s'était passé ; les autres employés, les clients et les badauds essayaient eux aussi d'apercevoir la scène.

On retint Talia en garde à vue pendant la journée et la nuit où son crime fut évoqué dans les médias de la ville. Il ne fit pas les gros titres : juste une mention au journal télévisé du soir et un paragraphe dans la rubrique des faits divers de la presse écrite. On l'enferma dans une pièce grise et peu éclairée avec quatre autres filles qui prétendirent avoir été arrêtées pour des affaires de drogue – allez savoir si c'était vrai. Les filles insistèrent pour que Talia leur raconte ce qu'elle avait fait, et quand elle répondit qu'elle ne savait pas, l'une d'elles lui enfonça la tête dans la cuvette des WC dans le coin de la pièce. Alors, elle leur dit la vérité.

Le matin, elle fut relâchée et confiée à la surveillance de son père – l'avantage d'être une primodélinquante. La presse se désintéressait déjà de l'histoire de l'adolescente qui avait ébouillanté un homme et se concentrait sur des assassinats et le scandale de corruption politique de la semaine. Mais elle vit les coupures de journaux que son père avait mises de côté, parmi lesquelles figuraient des photos de la victime ébouillantée dont on apercevait, entre deux pansements, le visage frit qui avait pris l'aspect du crêpe, rose et satiné. Sans révéler son nom, les journalistes évoquèrent la fille qui avait commis l'agression comme étant en proie à un état de rage sans fondement, ajoutant qu'elle serait jugée et condamnée comme mineure, même si son acte révélait une malveillance d'adulte. Ils ne firent pas état du chat.

Talia songea que les gens qui commettent des actions horribles peuvent être des victimes, et que des victimes peuvent aussi commettre des actions horribles. Les témoins qui parlèrent aux reporters précisèrent que tout s'était passé comme si la fille, qu'ils avaient souvent vue au restaurant attendre son amie Claudia, avait soudain pété les plombs. On rapporta même une réflexion de Claudia disant qu'elle ne pouvait croire son amie proche capable d'une cruauté pareille. Talia se demanda si elle le pensait vraiment. La mère de Claudia vivait aux États-Unis elle aussi et, comme Talia, Claudia avait été élevée en Colombie par sa grand-mère. Bonnes élèves l'une et l'autre, leurs seules entorses aux règles étaient de s'être parfois moquées de filles plus fragiles qu'elles au lycée, d'avoir volé un jour des lunettes de soleil au

Centro Andino ou menti aux garçons d'autres quartiers, prenant des accents et donnant des noms qui n'étaient pas les leurs.

Lors de son arrivée dans l'institution de la montagne, elle avait été soumise à une série d'évaluations. Jamais on ne lui avait donné de médicaments. Pas même la fois où un médecin lui avait demandé s'il lui était arrivé d'envisager le suicide et où elle avait répondu : « Oui, comme tout le monde. » Les thérapeutes et les travailleurs sociaux étaient perplexes. Comment une fille sans antécédents de délinquance ou de violence avait-elle pu commettre pareille agression ? La plupart des pensionnaires du centre disciplinaire avaient derrière elles une longue suite de comportements laissant présager une transgression majeure : usage de drogues, vols ou pyromanie, fréquentation de bandes ou encore violence à l'égard de leurs frères et sœurs ou de leurs parents. La pulsion qui avait conduit Talia à agresser Horacio devait bien venir de quelque part, ils en avaient convenu, mais l'adolescente était exemplaire à la maison comme à l'école. Son casier judiciaire était incontestablement vierge. Les spécialistes passèrent en revue une liste de traumatismes pour voir si l'un d'eux s'appliquait à son cas. Viol. Maltraitance. Abandon. Déplacement induit par la guerre. Mort des deux parents. Elle leur expliqua que sa mère était partie à l'étranger et l'avait renvoyée en Colombie lorsqu'elle était bébé. Mais cette situation familiale était si fréquente qu'elle ne pouvait être considérée comme un traumatisme.

Talia baissa la vitre de la fenêtre côté passager pour aérer l'habitacle qui sentait le renfermé, puis elle la referma pour ne pas laisser entrer d'insectes. Toutes les heures, après avoir traversé une hémorragie de collines vertes à l'horizon desquelles se profilait un paysage dentu, le vieil homme s'arrêtait pour essuyer avec un chiffon la pulpe d'insectes écrasés sur le pare-brise. Ils parlaient de temps à autre, puis retombaient dans le silence. Pendant les moments d'échange, il lui raconta qu'il faisait auparavant du transport de marchandises pour une compagnie de fruits yankee, jusqu'au jour où on l'avait accusé de détourner des cargaisons. Il jura qu'il n'avait jamais volé la moindre banane.

— Nous sommes tous innocents, dit-elle.

Parfois, elle le croyait.

Au bout d'un moment, sans quitter la route des yeux, il lui lança :

— Je ne sais pas ce que tu fuis, mais ça doit être sérieux. Tu n'as pas d'argent, ni de téléphone, et tu n'as pas demandé à emprunter le mien pour rassurer qui que ce soit.

Voyant qu'elle ne se confiait pas, il revint à la charge.

— Tu peux me faire confiance. Je suis une tombe quand il s'agit de garder des secrets.

— Ma grand-mère, qui m'a élevée, est en train de mourir d'une maladie terrible qui lui a volé sa mémoire, et maintenant elle est perdue dans le temps et ne reconnaît plus personne.

Tout ceci était vrai, à ceci près que sa grand-mère était déjà morte et que Talia aurait donné ses poumons pour que Perla respire encore dans ce monde.

— Mes parents ne veulent pas me laisser aller la voir pour se venger, dit-elle, car elle était contre leur mariage. Ils m'ont confisqué mon téléphone et mon argent. Pour la revoir avant qu'elle ne quitte cette vie, j'ai été obligée de me sauver. Peut-être qu'elle ne me reconnaîtra pas quand j'arriverai, mais elle saura au fond d'elle-même qu'il y a près d'elle quelqu'un qui l'aime.

Il essuya une larme et avoua que son plus grand regret était d'avoir quitté sa femme, la mère de ses filles, pour une autre. Quand il avait compris son erreur, il était trop tard. Elle avait refusé de le reprendre. Il était en route pour Aratoca pour la voir, espérant encore qu'elle lui pardonnerait.

— Et votre autre femme, qu'est-ce qu'elle en dit ?

— Rien. Elle est morte.

Ils laissèrent derrière eux les panneaux de villes qu'elle n'avait vues que sur une carte et qu'elle ne reverrait pas. Le camion arriva à un poste de contrôle, ralentit et s'arrêta.

— Ce sont des militaires maintenant. Il y a quelque temps, c'étaient des guérilleros. Comme s'il y avait une différence. Le pire, c'est que ces gamins sont des mal élevés.

Un jeune soldat en tenue de camouflage s'approcha de sa fenêtre.

— Où allez-vous ?

— À Aratoca. C'est là qu'on habite.

Le soldat désigna Talia du canon de sa mitraillette.

— Qui c'est, cette fille ?

— Ma nièce.

— C'est vrai, ça ? demanda le soldat en la regardant fixement.

— Lui, c'est le frère de mon père.

L'esprit de Talia eut brusquement la vision d'une autre vie, avec des tantes, des oncles et des cousins, une vie qu'elle n'avait jamais connue.

Le soldat recula et laissa le canon de son arme redescendre vers le sol. Il fit signe aux autres agents qui bloquaient la route de laisser passer le camion. La route en pente sentait l'essence, la fumée, le sol mouillé. Talia se souvenait du jour où l'on était venu la chercher. Elle avait demandé si elle pouvait emporter des vêtements, mais on lui avait dit que c'était inutile. Elle avait songé à s'enfuir, mais il n'y avait qu'une sortie à leur immeuble et elle était bloquée par les policiers. Puis il y avait eu le long trajet dans la montagne. Avec cinq autres filles tout juste condamnées, embarquées comme du bétail, poignets liés par des menottes en plastique. Les fenêtres de la camionnette aveuglées par de la peinture. Mais l'odeur de la terre vierge lui disait qu'elle était loin de chez elle.

2

L'assistante sociale avait décrit l'établissement comme un camp de vacances, une petite pension dans les collines de Santander. Une sorte de refuge, même s'il était sous le contrôle du gouvernement. Il y avait un programme pédagogique pour éviter que les filles ne soient en retard dans leurs études quand, une fois leur peine purgée, elles seraient libres de réintégrer leurs lycées d'origine. Elle expliqua à Mauro qu'il devrait être reconnaissant de voir que sa fille ne serait pas traitée comme les adolescentes issues des classes ou zones défavorisées ou de l'immigration, qui étaient envoyées dans des établissements plus durs. Selon elle, Talia passait pour une fille de la classe moyenne et c'est pour cela qu'elle n'avait été condamnée qu'à six mois et qu'on lui avait donné l'occasion de se racheter. Mauro avait argumenté en vain que ce n'était pas un pays de la seconde chance mais de la centième pour les heureux élus, une nation d'amnésiques où les narcotrafiquants devenaient sénateurs et les sénateurs narcotrafiquants, où les assassins devenaient présidents et les présidents assassins.

Mauro savait ce que c'était qu'être incarcéré. Il n'en avait jamais parlé avec ses enfants, ni à Perla ou Elena. Des hommes rassemblés dans un entrepôt où il faisait la température d'une chambre froide. Les douches, les couvertures et la nourriture rationnées. Le rêve d'être relâché, non pour retrouver Elena ou les enfants, mais le pays où les gringos menaçaient de le bannir, comme s'il devait retourner en enfer.

Chez lui.

Quand elle était petite, Talia avait souvent demandé à son père ce que cela voulait dire, un *chez-soi.* Parfois, elle comprenait que cela désignait une maison ou un appartement, l'endroit où l'on retournait à la fin d'une longue journée. L'endroit où vivait la famille, même si on l'avait quitté depuis longtemps. L'endroit où l'on se sentait le plus à l'aise. Toutes ces notions contredisaient sa première impression. Le « chez-soi » de Talia était un endroit occupé par sa grand-mère, Perla. Un endroit où Mauro venait la voir quand sa grand-mère et sa mère, Elena, après en avoir discuté lors d'appels longue distance, le permettaient.

Elena était loin, avec le frère et la sœur de Talia, Nando et Karina. Quand Talia entendait la voix de sa mère au téléphone, Elena parlait souvent de la Colombie comme de chez elle, mais elle se hâtait d'ajouter, pour éviter tout malentendu, que les États-Unis étaient également chez elle à présent. « C'est aussi chez toi, répétait-elle à Talia, parce que tu es née ici. »

Des années plus tard, quand Talia et Mauro se retrouvèrent seuls dans la vieille maison de Perla, elle se pressait contre le torse de son père quand il venait le soir lui donner la bénédiction dans sa chambre. « Tu es mon chez-moi, lui disait-elle. Même si ma mère me fait te quitter, je reviendrai toujours près de toi. »

Ce départ pour les États-Unis était pour Talia comme une menace lointaine. Quelque chose qu'elle n'imaginait pas désirer un jour. Pourtant cela changea. Mauro le remarqua à l'expression de Talia lorsqu'ils regardaient des films ou des émissions de télévision gringos sous-titrés. Elle était là, la fascination : indubitable, irrévocable. L'habitude que Talia commençait à prendre de glisser des mots anglais dans leurs conversations. Il vit le désir d'ailleurs s'emparer d'elle, en même temps qu'un mépris cassant pour sa vie familière mais rassurante avec lui.

Aujourd'hui, il se blâmait de la rancœur qu'il avait inspirée à Elena et Talia envers leur patrie. De la façon qu'il avait eue de souligner les preuves d'hypocrisie dans cette terre colonisée, comme si elle était plus irrécupérable qu'une autre. Il aurait voulu ravaler toutes ses paroles, graines toxiques plantées en Elena qui, avant de le rencontrer, n'aurait jamais conçu d'avenir autre que d'aider Perla à tenir la *lavandería* ; qui n'avait jamais voyagé plus loin que Villavicencio à l'occasion d'une sortie scolaire ; et pour qui aller à Carthagène semblait aussi inconcevable qu'aller à Rome.

C'était Mauro qui lui avait mis dans la tête l'idée que Bogotá n'était qu'un *pueblo* comme tant d'autres qui se donnait des airs de métropole, et qu'il y avait bien d'autres choses à découvrir. Dans ces montagnes, cette vallée affamée, ils étaient tous descendants des peuples indigènes massacrés, de leurs ancêtres violées. Ils pouvaient toujours haïr les conquistadors pour ce qu'ils avaient pillé, mais ils ne pouvaient nier avoir les mêmes particules génétiques qui avaient poussé les premiers envahisseurs à s'aventurer dans l'inconnu. *Los Españoles* occupèrent leur terre, la rebaptisèrent *Nueva Granada*. Diluèrent leurs lignées. Anéantirent leurs tribus. Le peuple qu'ils étaient. Pourtant Mauro, lui, croyait qu'ils étaient devenus autres. Un peuple adapté à la terre recréée par la force comme le Nouveau Monde ; une espèce d'oiseau roussi par la flamme, qui n'a plus de plumes mais peut encore voler.

— Peut-être que nous sommes des créatures de passage, conçues pour traverser les océans, dit-il un jour à Elena, exactement comme les premiers étrangers qui ont infecté notre continent, afin de reprendre ce qui nous a été volé.

Elena était plus instruite que Mauro. Elle lui avait toutefois laissé croire que ses idées étaient plus importantes.

Les gens disent que la drogue et l'alcool sont les narcotiques les plus puissants – les plus susceptibles de gâcher une vie. Ils se trompent. C'est l'amour.

3

Bogotá telle qu'Elena et Mauro l'avaient connue enfants était bien différente de la ville où avait grandi Talia : pour elle, les explosions de bombes et les kidnappings se produisaient surtout au loin, dans des territoires occupés par les guérilleros ou des villages reculés, et le décompte des morts n'était qu'une flammèche sur les fils d'actualités. L'ouragan de violence des années 1980 et 1990 n'était plus qu'un spectre dans les rétrospectives des magazines, une horreur écrite avec une sorte de nostalgie et représentée dans les *telenovelas*. Rien à voir avec ce que Talia, protégée comme elle l'était, croyait devoir craindre. À Bogotá, une fille de l'âge de Talia pouvait presque oublier la violence, prétendre qu'elle existait dans d'autres pays de l'autre côté du continent, que les visages des disparus n'avaient rien à voir avec les familles de ses amis d'école et que l'expression endurcie des enfants kidnappés ou orphelins contraints à se battre dans cette guerre tentaculaire et sans nom n'aurait pas pu être la sienne.

La cité des nuages de Mauro et Elena était devenue un endroit où les touristes venaient boire et danser sans redouter de se faire tuer. La dernière attaque d'ampleur qu'avait connue la capitale, causée par une bombe visant des civils, était survenue l'année précédant la naissance de Talia, alors que la famille était déjà sur le continent nord-américain, mais la génération de ses parents avait été élevée à une époque où l'air des Andes sentait la poudre. Aux informations du soir, dans les journaux du matin, sur les trottoirs.

Exécutions de candidats à la présidence, de professeurs, de juges, de journalistes, d'élus et de nombreux innocents. Cars et autobus chargés d'une demi-tonne de dynamite, de quoi pulvériser un immeuble. Siège du palais de Justice. Avions explosés. *Barrios* entiers en ruine. Extermination de ceux qu'on appelait les *desechables*[1]. Enfants enlevés et forcés de se battre en première ligne. Centaines de milliers de personnes torturées, mutilées, déplacées. Massacres de la police et des pauvres : cartels, armée, narco-guérilleros et paramilitaires essayant tous de neutraliser les soldats loyaux ou mercenaires de l'autre camp. Difficile de savoir qui faisait le plus de morts.

Mauro n'était pas un criminel, ni Elena une sainte, pourtant Mauro avait l'impression qu'ils ne faisaient pas jeu égal car Elena lui racontait ses secrets tandis qu'il ne lui révélait pratiquement aucun des siens.

Elle n'avait pas eu une vie facile, mais depuis leur rencontre, il avait le sentiment qu'il pourrait la contaminer avec son passé douloureux. C'est pour cette raison qu'il le lui avait caché, ne lui en révélant que quelques éléments essentiels, assez pour qu'elle

1. Bons à jeter. *(Toutes les notes sont de la traductrice.)*

ait l'impression de le connaître alors qu'il dissimulait soigneusement beaucoup plus de choses. Tout d'abord, elle croyait que Mauro avait été élevé à La Candelaria, alors qu'en réalité il habitait plus au sud avec sa mère, à El Pesebre, à quelques blocs d'Avenida Caracas, dans un petit appartement vert sous un toit de tôle en pente.

Son père était parti peu après sa naissance. Certains jours, la mère de Mauro affirmait avoir été abandonnée, à d'autres moments avoir chassé son mari armée de ciseaux et d'un balai. Il avait perdu aux cartes l'appartement familial, mais elle avait persuadé son adversaire d'annuler la dette. D'après la rumeur, il avait une autre femme et un autre enfant à San Benito, ce qui ne l'avait pas fait réagir. En revanche, mettre en jeu l'appartement était inacceptable.

Mauro avait les traits de son père. Ce que sa mère ne lui laissait jamais oublier. Quand il faisait des bêtises, elle blâmait ses gènes avec dégoût – *esos ojos mentirosos, esa quijada de salvaje*[1] –, lui jetant des chaussures dans le dos, lui rasant la tête pour lui couper les boucles dont il avait hérité. Elle enfermait Mauro dans le placard pendant des heures, parfois toute la nuit. Le privait de nourriture quand elle ne voulait pas de lui à la maison, et ramenait des hommes qui se sentaient autorisés à le maltraiter. Les gens du coin l'appelaient la *loca*, mais Mauro la défendait comme il aurait aimé que quelqu'un le défende, lui.

1. Ces yeux menteurs, cette mâchoire de sauvage.

L'année où Mauro eut dix ans fut l'une des plus sanglantes en Colombie. Ce fut aussi celle où sa mère décida qu'il n'était pas assez bon élève pour rester à l'école ; sans compter que l'uniforme et les livres coûtaient cher. Alors elle l'expédia chez sa sœur Wilfreda dans la *sabana*, à l'oucst, près de Bojacá. Pour couvrir les frais liés à sa charge, on l'envoya creuser des tombes dans un cimetière en bord de route avec le compagnon de Wilfreda, un ancien soldat nommé Tiberio.

Il faisait encore nuit quand ils commençaient le matin. Ils marquaient le périmètre des emplacements pour les morts du jour en plantant leur pelle dans le sol. Mauro en voulait à sa mère de l'avoir expédié au loin et de le forcer à ce type de travail, mais Tiberio lui expliqua qu'il était plus en sécurité ici. L'ex-soldat avait été dans l'armée jusqu'au jour où il avait reçu une balle dans la cuisse – un cadeau du ciel, affirmait Tiberio, car sinon, il aurait été tué au combat, comme tant de ses amis.

— J'étais fort jusqu'à ce qu'on m'envoie me battre, racontait Tiberio. Maintenant, regarde-moi, à moitié estropié et chauve comme la lune.

Tiberio disait aussi que pour la plupart des Colombiens, leur pays était seulement celui des larmes du *campo* et de la honte des villes, celui des enterrements et du scandale, de la corruption et des déplacements de population. Ce n'était plus la terre que les dieux avaient conçue. La véritable Colombie, insistait-il, était un pays majestueux au-delà de ses vallées et de ses cordillères. C'était un ensemble de jungles, de sierras couronnées de neige, de plages de sable noir et blanc du nord au sud du pays ; un pays de petites rivières qui nourrissaient l'Amazone, la force vive des Amériques ; les forêts de nuages et l'altiplano, les montagnes tabulaires de Chiribiquete et La Guajira, où le désert miellé venait embrasser la mer des Caraïbes. Des oiseaux et des bêtes si puissants, qu'ils étaient capables de mettre en pièces les pires scélérats de la nation avec leur bec et leurs serres.

Selon Tiberio, d'après le Savoir Ancestral le jaguar était le détenteur originel du feu et des outils pour la chasse, mais l'animal avait eu pitié de l'homme en le rencontrant par hasard dans la forêt, mourant de froid et de faim, et il avait partagé ses secrets avec le bipède sans fourrure. L'homme avait récompensé le jaguar en lui volant son feu et ses armes, si bien que l'animal ne pouvait plus compter que sur sa force physique et sa ruse. Voilà pourquoi il guettait l'occasion de se venger.

Tiberio avait vu un jaguar sauvage le jour où son bataillon avait été envoyé en patrouille sur la côte d'Urabá, là où les mangroves rejoignent la jungle. L'un des soldats faisait la sieste sous un manguier et un jaguar avait bondi des fourrés pour l'attaquer. Ils s'étaient demandé si le jaguar savait que sa proie était humaine. Le soldat se défendit et le jaguar disparut dans la forêt. Les habitants lui révélèrent que survivre à l'attaque d'un jaguar faisait de lui un homme magique.

C'est à cela que pensait Mauro en rentrant chez Wilfreda ce soir-là, tandis que la pluie picorait le toit, et beaucoup d'autres soirs par la suite lorsque, après qu'il eut fini ses deux années là-bas, sa mère le laissa revenir. Mais à quatorze ans, il ressemblait encore plus à l'homme qui lui avait causé tant d'angoisses, alors elle le chassa à nouveau. Pendant qu'il errait dans les parcs publics, luttant pour trouver des moments de sommeil à ciel ouvert, il réfléchissait et se demandait comment le fait d'avoir survécu à la violence d'une créature à la férocité sacrée suffisait à vous diviniser.

Mauro s'installa chez différents voisins jusqu'à ce que tous se lassent de lui. Il dormait dans des parcelles ou des allées vides, des tunnels ou des *caños*[1], parfois avec d'autres gamins des rues qui vivaient dans une brume de *bazuco*[2], jusqu'au jour où il rencontra un braqueur nommé Jairo qui œuvrait dans les rues d'El Centro. Jairo prit Mauro en pitié et l'accueillit dans sa famille à Ciudad Bolívar, où les taudis en tôle et en bois s'accrochaient aux *cerros* de l'ouest de Bogotá, surplombant le plateau de la ville, et où la pluie transformait les rues en torrents de boue.

Grâce à l'argent qu'il gagnait en détroussant les passants et les hommes d'affaires, Jairo avait pu installer sa famille dans une maison avec l'électricité et des murs en ciment dans la partie basse du quartier. Mauro n'entrait dans le secteur ou n'en sortait qu'en compagnie de Jairo, car les *pandilleros*[3] locaux attaquaient tous ceux qu'ils prenaient pour des intrus sur

---

1. Tuyaux, canalisations.
2. Drogue fabriquée à partir de résidus de cocaïne.
3. Gangsters.

leur territoire. Tout le monde respectait Jairo. Il avait survécu à la police, qui, au moment de son arrestation, le soupçonnait de faire partie d'un des gangs du *barrio*. On l'avait enfermé dans une pièce, déshabillé, battu, torturé avec des pinces et on s'était amusé à l'étouffer avec des sacs en plastique jusqu'à ce qu'il perde connaissance. Tout cela durera pendant des jours, pour le forcer à donner les noms des chefs du gang et de l'endroit où ils se cachaient. Jairo ne lâcha rien à la police et fut libéré. Durant ces années-là, des centaines d'adolescents étaient assassinés dans ces collines, victimes d'hommes de main des paramilitaires habillés en civils, de milices autoproclamées qui se livraient à des exterminations de masse au nom du « nettoyage social ». La police n'apparaissait que pour évacuer les morts.

La nuit, Mauro couchait sur un matelas par terre dans la cuisine tandis que Jairo et sa famille dormaient dans deux autres petites pièces. Il sentait la pression tectonique des collines environnantes, qui tous les soirs l'enfonçait un peu plus dans sa vie sans père ni mère. Envie de s'enfuir, sans nulle part où aller.

Quand Jairo quittait le *cerro* chaque jour pour exploiter les trottoirs proches de l'hôtel Tequendama, Mauro allait chercher du travail. Il tenta les cafétérias, les chaînes de fast-food et les boutiques, en vain. Il commença à traîner au marché de Paloquemao, essayant de se lier avec les vendeurs, jusqu'à ce qu'il réussisse à convaincre un vieil homme nommé Eliseo de le laisser ranger ses produits en belles pyramides pour un demi-salaire à condition qu'il le laisse dormir dans sa réserve.

Elena venait à ce marché une fois par semaine, et chaque fois Mauro attendait l'occasion de la servir. Elle choisissait ses fruits avec soin alors que les autres clients achetaient les leurs et passaient à d'autres étals. Elle avait une préférence pour le *lulo*[1] et la *guanabana*[2], mais sa mère, soulignait-elle, aimait mieux la *maracuyá*[3]. Mauro les lui emballait comme si c'étaient des bijoux pour qu'ils ne soient pas talés lorsqu'elle les mettrait dans un saladier une fois rentrée chez elle. Elle dit qu'elle faisait tout le chemin pour venir à Paloquemao et à ce stand parce qu'ils avaient le meilleur choix de fruits. Elle pensait qu'il fallait que le père de Mauro le sache, et elle désigna Eliseo.

— Ce n'est pas mon père, je travaille ici, c'est tout.

Il avait à peine quinze ans mais se sentait, sans savoir pourquoi, beaucoup plus âgé qu'Elena qui, à quatorze, était petite et menue, presque féline avec ses longs bras et ses hanches osseuses. Elle s'habillait en rose vif ou en imprimés à fleurs comme si elle habitait au bord de la mer et non dans leur ville de montagne. Yeux noirs comme du jais, souvent irrités par les détergents de la blanchisserie de sa mère, cheveux rassemblés en natte ou en queue-de-cheval alors que les autres filles lâchaient les leurs sur leurs épaules pour pouvoir les toucher tout le temps.

1. Narangille.
2. Chérimole.
3. Fruit de la passion.

Jamais de bijoux, sauf une médaille en or de la Virgen del Carmen. Il était intimidé lorsqu'il lui parlait, faisant un effort pour ne pas utiliser d'argot ni trahir son ignorance, lui qui avait quitté si tôt l'école. Il entendait les gens instruits s'exprimer à la télévision et lisait les journaux que les clients laissaient sur le marché pour avoir des sujets de conversation la prochaine fois qu'elle viendrait à son éventaire. Il voulait tant persuader Elena qu'il valait la peine d'être connu.

Cet avril-là, une voiture piégée explosa près de la Calle 93. La radio signala de nombreux morts et des centaines de blessés. Les *bombazos* n'étaient pas une nouveauté, mais Mauro ne pensa qu'à Elena. Il ne savait pas où elle habitait. Il pensa que ce pouvait être près de l'attentat. Le secteur était plein de cafés et de boutiques. Il s'imagina qu'elle était allée s'y promener avec des amis. Puis l'explosion, et la fuite générale pour tenter d'échapper à la mort.

Mauro dormait sur une palette en bois rembourrée de carton, pelotonné sous une vieille couverture. Les nuits froides et humides, il n'arrivait souvent à dormir qu'avec l'aide d'alcool qui le réchauffait de l'intérieur. Tiberio lui avait dit un jour que les Muiscas croyaient que la nuit était une période de purification coïncidant avec le moment où les énergies de la terre étaient au calme. Mais la ville résonnait du chant permanent des sirènes de police et d'ambulances. Il ne savait pas ce que c'était de dormir dans le silence – une éventualité aussi lointaine que partager un lit avec Elena.

Il compta les matins qui lui restaient avant de la revoir. Quand elle reparut, il eut toutes les peines du monde à ne pas la prendre dans ses bras. Il se contenta de la regarder choisir ses fruits et lui dit qu'il était heureux de savoir qu'elle était saine et sauve.

Puis, peu à peu, ils cessèrent d'être des étrangers, devinrent des connaissances, puis des amis qui passaient quelques heures ensemble chaque semaine. Il allait dans son quartier. Lui apportait des *catleyas* et dépensait le peu d'argent qu'il avait pour l'inviter à prendre une *mango con limón*, ou une *arepa*[1] au fromage qu'ils mangeaient sur un banc dans un parc ou sur une *plaza*. Elena gardait toujours les croûtes pour les pigeons. Elle disait que ce n'était pas leur faute s'ils avaient faim.

— Non, répondait Mauro, on n'y peut rien.

Plusieurs mois plus tard, en décembre, Elena fit entrer Mauro en catimini chez elle, à la lisière de Chapinero, dans une zone pauvre, pendant que sa mère travaillait à la blanchisserie au rez-de-chaussée. Ils se glissèrent par la porte de côté, montèrent l'escalier, passèrent devant les chambres et allèrent sur le toit plat sans bardeaux. Les bâtiments tout autour étaient encore assez bas pour que la ville se déploie devant eux, bordée de coussins de montagnes brunes.

Elena ne se plaignait jamais de la morosité qu'engendrait l'éternelle grisaille de Bogotá, de sa réputation de capitale la plus pluvieuse d'Amérique latine, avec son horizon borné par des tourbillons de brume

1. Galette de maïs.

et un soleil réticent qui ne donnait qu'une furtive impression de chaleur. Ni même de la circulation, du bruit, des grondements qui faisaient trembler le sol sous leurs pieds. Elle ne pestait pas comme Mauro. Il l'enviait pour cela, et pour bien d'autres choses aussi. Elle avait l'amour d'une mère et la sécurité d'une vie passée dans la même maison, même si certaines parties tombaient en ruine et que chaque *peso* supplémentaire servait à maintenir la blanchisserie à flot. Il savait que dans sa tête, Elena avait eu une enfance solitaire. Pas de frères et sœurs. Un père parti travailler au Venezuela quand elle était bébé et qui n'était jamais revenu. Peu d'amis en dehors des gens de son quartier, car elle passait l'essentiel de son temps libre à aider sa mère à tenir la blanchisserie. Cette solitude expliquait sans doute le fait qu'elle l'ait accueilli si facilement dans sa vie. Il était également jaloux de la facilité qu'elle avait à pardonner, comme si elle s'estimait favorisée par la chance, et non pas délaissée. Quelle différence avec sa propre colère devant le paysage chaotique de cette ville au ciel funèbre, qui abritait sa mère au dos tourné à jamais, la langue toujours dardée, accusatrice.

Que leur Bogotá semblait sereine vue de là-haut, paisible, comme exhalée après une respiration longtemps retenue ! Escobar avait été tué sur un toit de Medellín quelques jours auparavant et on sentait confusément un courant électrique d'allégresse mêlée à l'espoir que cette mort marquerait la fin de la violence. Une impression toutefois teintée d'inquiétude de ce qui pourrait arriver ensuite.

Mauro dit à Elena qu'Escobar était le parfait bouc émissaire pour un pays qui n'était pas meilleur que lui. En montrant son manque de conscience, il avait forcé la population à affronter le sien. « Et lequel d'entre nous, natif de ce pays, demanda-t-il, peut être certain de se comporter différemment avec autant d'argent et de pouvoir ? » Il se souvenait de Jairo et des garçons de Ciudad Bolívar rassemblés sur les falaises pour boire et astiquer leurs armes, affirmant qu'il y avait plus d'honneur à être narcotrafiquant qu'homme politique.

Elena se bornait à ouvrir de grands yeux quand Mauro tenait de tels propos. Il ne lui avait jamais parlé de ses années à la campagne ou dans les collines, ni de l'endroit où il rentrait chaque soir se coucher après l'avoir raccompagnée à sa porte. Elle croyait qu'il rentrait à La Candelaria, où il prétendait habiter chez un oncle. Il lui avait dit qu'il était orphelin, ce qui ne semblait qu'un demi-mensonge. Elena ne posait pas beaucoup de questions. Elle n'était pas comme lui perpétuellement en train de regarder en arrière, ou à droite et à gauche, ni à considérer les implications de chaque chose. Elle ne voyait que l'instant présent et prenait chacune de leurs journées ensemble à la fois comme leur première et leur dernière sur terre. Pour elle, tout se passait comme si Mauro était né dans le marché de Paloquemao, comme si les cieux l'y avaient mis spécialement pour elle. Peut-être qu'elle ne cherchait pas la vérité parce qu'elle avait compris depuis le début, à la façon dont il masquait sa fébrilité, que s'il refoulait toute agitation quand il était avec elle, c'était pour qu'elle ne se méfie pas de lui. Il voulait qu'Elena se sente aussi en sécurité avec lui que lui avec elle. Peut-être qu'elle avait perçu son besoin de trouver un refuge.

Cet après-midi-là, ils restèrent assis au bord de son toit à contempler l'étendue cuivrée de la capitale et des montagnes qui s'assombrissaient. Il embrassa ses lèvres douces comme des pétales, lui tint la main alors que la nuit avalait le firmament. Il se rappela la *sabana* où il avait creusé des abris pour les morts et pensa au jaguar trahi et vengeur, quelque part au-dessous de leur ville, plus loin que tout ce qu'ils verraient jamais.

4

Même si Mauro était en couple avec Elena depuis des mois, puis des années, Perla refusait de l'autoriser à passer la nuit sous son toit. Elena avait été élevée avec des histoires censées inspirer l'obéissance aux filles. L'enfant qui répond à sa mère aura la langue qui tombe. L'enfant qui lève la main sur un parent verra ses doigts se détacher de sa paume. L'une des histoires que Perla répétait le plus souvent était celle de la mère âgée qui demandait à sa fille de lui donner à manger parce qu'elle avait faim. La fille préparait un repas sur la cuisinière et ouvrait la marmite pour libérer l'odeur délicieuse, mais elle refusait de servir sa mère tant que son mari n'était pas rentré, car l'homme de la maison devait manger le premier. À l'arrivée du mari, la fille soulevait à nouveau le couvercle et un serpent sortait d'une fente du plancher, s'enroulait autour du corps de la femme et demandait qu'on le nourrisse, faute de quoi il menaçait de lui dévorer le visage. C'était le serpent qui finissait par avaler le repas que la fille avait refusé à sa mère, et toute la famille restait sur sa faim.

Amoureuse, Elena cessa d'être une fille obéissante et devint une menteuse accomplie. Elle prétendait qu'elle avait besoin de réviser pour échapper à ses heures de présence à la blanchisserie et faisait monter Mauro dans sa chambre pendant que sa mère travaillait dans la boutique en bas. Ou quand sa mère dormait, croyant qu'Elena et Mauro étaient au cinéma ou à une soirée chez des amis, ils se cachaient à l'arrière de la *lavandería* et s'en donnaient à cœur joie sur les piles de draps que les clients laissaient pour qu'ils soient lavés et pliés. S'ils avaient assez d'argent à eux deux, ils s'offraient quelques heures d'intimité dans les love motels à la périphérie de la ville, bien au chaud sous les draps et rêvant d'une vie partagée. Ils voulaient beaucoup d'enfants, pour leur éviter la solitude qu'ils avaient chacun connue comme enfant unique.

Leur première fille, Karina, naquit quelques mois après le passage au nouveau millénaire. Avec l'accord de Perla, Mauro emménagea dans la chambre d'Elena, hanté de ne pas être à la hauteur face à cette enfant. Il redoutait que la trahison ne coule dans ses veines, aussi forte que la ressemblance avec son père, ses boucles noires et sa peau café au lait qu'il avait déjà transmises au bébé. Il se jura de lui donner plus qu'il n'avait reçu. La seule façon d'y parvenir, conclut-il, était de quitter leur pays.

La fin du siècle précédent ne mit pas un terme à la violence dans le pays ; elle apporta seulement de nouvelles têtes au monstre. Brassage de la population après le déplacement de centaines de milliers de personnes, agressions répétées contre des civils comme ce détournement d'un avion de Bucaramanga dont les passagers furent pris en otage dans la jungle ; enlèvements en masse de fidèles dans une église de Cali ; prise par la guérilla d'une ville amazonienne, Mitú, où il y eut d'innombrables blessés et disparus avant que l'armée ne réagisse et où, au terme de trois jours de combats, on compta des centaines de morts parmi les civils, les soldats et les insurgés ; massacres paramilitaires à Macayepo et El Salado, où des dizaines de personnes, dont des enfants, avaient été torturées, mutilées à la machette et tuées. Dans la capitale, les protestations scandant *No más* se heurtaient aux oreilles sourdes de ceux qui auraient le plus dû les entendre.

— Ce pays ne sait pas qu'il est en train de mourir, dit Mauro alors qu'ils regardaient les informations après le dîner.

— Ce n'est pas le pays que nous voulons, pourtant c'est celui que nous méritons, répondit Perla tandis qu'Elena se taisait.

Elle avait sans doute raison, pensait Mauro, mais il n'existait pas de loi condamnant quiconque à vivre dans son pays d'origine. Pas encore.

La blanchisserie de Perla était au bord de la faillite maintenant que la plupart des gens possédaient une machine à laver et n'avaient plus besoin d'envoyer leur linge dans un *lavado de ropa por libras*[1].

À ce moment-là, elle chercha un repreneur à qui elle pourrait louer le magasin, mais les façades des

1. Blanchisserie au poids.

immeubles du quartier étaient couvertes de graffitis obscènes. Dans l'enfance de Perla, la rue était aussi belle qu'une route de campagne anglaise, avec des maisons imitant le style Tudor ou victorien, dont s'inspirait une bonne partie de Chapinero. Maintenant, c'était un pâté de maisons que la plupart des gens évitaient.

À cette époque, Mauro pensait partir seul à l'étranger. Il n'imaginait pas Elena quitter sa mère. Quand il lui parla de son idée pour envoyer de l'argent à elle, à Perla et au bébé, de quoi maintenir à flot la *lavandería* et empêcher que la maison ne tombe en ruine, il promit que ce ne serait que pour quelques mois. Et à son retour, qu'elle imagine ce qu'ils pourraient faire avec tout ce qu'il aurait gagné ! Une jolie somme, convertie en *pesos*.

Il fut surpris de voir qu'elle ne discutait pas, se bornant à l'écouter. Quand il eut fini de plaider sa cause, elle sortit de sous son lit une boîte en métal pleine de billets froissés. Ses économies secrètes, dit-elle. Elle ne savait pas jusqu'à présent à quoi elles lui serviraient.

— Emmène-nous avec toi.

5

L'Espagne était un premier choix logique, à cause de la langue commune. Mais la Colombie ne bénéficiait pas encore des accords de Schengen qui permettraient des années plus tard aux ressortissants colombiens de voyager sans visa. Leur demande fut refusée. Mauro et Elena décidèrent alors d'essayer les États-Unis. Ils avaient entendu dire qu'il était plus facile d'obtenir des visas de tourisme individuellement qu'en tant que couple marié. C'est ainsi qu'ils justifiaient le fait de ne pas être encore mariés. Ils expliquèrent à Perla que Mauro avait un cousin au Texas qui les avait invités à passer du temps chez lui. Cela leur ferait de longues vacances en quelque sorte. Ils apprendraient à connaître la ville, y trouveraient un travail temporaire, gagneraient de bons gros dollars américains pour payer les dettes de Perla et reviendraient les poches gonflées d'économies. Les gens faisaient ça tout le temps.

À Houston, ils comprirent vite qu'ils n'étaient pas des invités, plutôt des locataires. L'homme qui les logeait n'était pas un cousin, mais un ami d'ami du marché aux fruits, à qui ils payaient un loyer et qui, cette transaction mise à part, ne voulait rien avoir à faire avec eux. Mauro trouva du travail comme déménageur pendant qu'Elena s'occupait de la maison et lavait et repassait les vêtements du logeur. Elle se serait bien chargée de sa cuisine aussi, mais il cadenassait le réfrigérateur et leur avait dit d'aller prendre leurs repas ailleurs.

Mauro et Elena n'avaient jamais vu la mer, hormis dans les films et depuis l'avion d'où elle leur était apparue comme un désert bleu. Quelques semaines après leur arrivée, pour mettre du baume sur le mal du pays d'Elena, Mauro tint sa vieille promesse de lui montrer l'océan. Il l'emmena avec le bébé jusqu'à une plage appelée Bolívar, ce qui lui sembla de bon augure. Avant de quitter la Colombie, Elena avait acheté des maillots de bain pour elle et Karina. L'élastique lui entrait dans la chair, mais peu importe. Jamais le soleil ne lui avait chatouillé une telle surface de peau.

Ils marchèrent sur le sable brûlant jusqu'à ce que l'eau du golfe du Mexique leur arrive à la taille. Mauro tint Karina en l'air, ses orteils effleurant les vagues. Elena battait l'eau comme un petit chien. Dans ses paumes, elle semblait transparente, alors qu'autour d'eux, elle était brunâtre, teintée par le limon, aussi bourbeuse que celle du Rio Bogotá. Elle ne ressemblait en rien à la mer turquoise promise par Mauro.

Pendant l'interminable automne de Bogotá, le teint d'Elena pâlissait. Au Texas, il devint doré, ses cheveux se mirent à bouffer autour des tempes, et l'humidité les plaqua contre son cou et ses épaules.

À la demande de son nouveau patron, Mauro coupa ses cheveux longs. Ses traits parurent alors plus aigus, comme s'ils avaient été ciselés au burin. Durant ces premières semaines à Houston, ils mouillèrent leurs vêtements de sueur. Pour la première fois de leur vie au niveau de la mer, ils subirent une métamorphose, souffrirent d'une sorte de mal des montagnes inversé, d'essoufflement, de maux de tête et d'une faim dévorante, tandis que leurs oreilles s'imprégnaient d'anglais, d'anglais et toujours d'anglais ; et quand ils entendaient de l'espagnol, l'accent était différent du leur.

Les coups de téléphone à Perla étaient brefs et chers. Elena essaya donc d'envoyer à sa mère une lettre par semaine, même s'il fallait plusieurs jours pour l'écrire et des semaines pour qu'elle arrive. Elle ne voulait pas lui donner des détails terre à terre de sa vie dans la maison quand Mauro était au travail, ni lui parler des heures qu'elle passait à pousser le bébé et son landau d'occasion dans un parc désolé parce que leur logeur éteignait la climatisation quand il partait et ne les autorisait pas à allumer la télévision ni à se servir de l'ordinateur. Elle ne voulait pas que sa mère s'inquiète, ni qu'elle demande à quoi bon partir à l'étranger si c'était pour y vivre dans des conditions pires qu'au pays. Elle remplissait ses pages de commentaires sur la chaleur veloutée de l'été texan, les couchers de soleil violets et le luxe de jouir de cette lumière qui n'en finissait pas. Elle parlait à Perla du travail de Mauro, qui était payé à l'heure, sans compter les pourboires, car les gringos aimaient récompenser le service bien fait ; elle évoquait les gens qu'ils rencontraient comme s'il s'agissait déjà d'amis chers et non de connaissances éphémères qu'ils ne reverraient sans doute jamais. Rien à voir avec les longues vacances laborieuses qu'elle avait imaginées. Elle avait cru que pendant le temps libre de Mauro, ils exploreraient le territoire nord-américain qu'ils ne connaissaient que par les films, mais tout ce qu'Elena avait vu jusque-là, c'étaient des autoroutes, des routes et des bayous, une étendue plate se superposant à une autre.

Elle écrivait ses lettres le soir lorsque Karina dormait et que Mauro écoutait la petite radio qu'il avait achetée, répétant mots et phrases après le journaliste jusqu'à ce qu'il ait l'impression de bien les maîtriser. Au travail, il avait déjà acquis beaucoup plus de vocabulaire qu'Elena. Il essaya de lui apprendre des mots, mais elle ne voyait guère l'intérêt de se donner du mal puisqu'ils finiraient par rentrer chez eux.

Ils ne se considéraient pas comme des immigrants. Ils ne se projetaient pas si loin dans le futur et étaient assez jeunes pour croire qu'aucune de leurs décisions n'était permanente. Ils avaient des visas de six mois, délivrés à des dates différentes, si bien que celui de Mauro devait expirer quelques semaines avant celui d'Elena. Ils avaient dû acheter leurs billets de retour pour janvier, en fonction de leurs visas ; mais à force de passer des heures seule chaque jour avec Karina, Elena avait de plus en plus l'impression que cette date reculait sans cesse.

— J'en ai assez de tout ça, dit-elle à Mauro un soir où il rentrait du travail. On ne voit pas l'Amérique. On ne fait rien ici.

— Je travaille chaque jour pour qu'on arrive à vivre et pour envoyer de l'argent à ta mère. Tu appelles ça rien ?

— Pourquoi on ne rentre pas ? On a un toit. On a la *lavandería* à faire tourner. Je me sens si seule ici. On n'aurait jamais dû partir.

Les soirs où Mauro, assis à côté de la fenêtre, buvait l'alcool le moins cher qu'il avait pu trouver, lui tournant le dos même quand elle l'appelait pour qu'il vienne se coucher, Elena songeait à s'en aller sans lui. Elle pouvait prendre le bébé et repartir chez sa mère, dans la maison de Chapinero, dans le *barrio* où tout le monde connaissait son nom.

Les choses s'améliorèrent quand Mauro leur trouva un petit appartement à Northside Village. Une voisine payait Elena pour garder ses enfants pendant qu'elle travaillait dans une usine de plastique. Ils surveillaient le calendrier alors que les semaines, puis les mois passaient et que la date d'expiration de leurs visas approchait ; et ils se demandaient s'ils allaient laisser passer le jour butoir ou repartir. Elena fut surprise de constater que maintenant, c'était Mauro qui était prêt à rentrer. Il était fatigué. Transporter des meubles toute la journée commençait à être trop dur, même pour un homme jeune comme lui. Ses compagnons de travail l'avaient surnommé *esqueleto*, eux qui s'étaient étoffés à force de travailler en usine ou dans les champs. Comparé à eux, il était maigre comme un clou, avec plus d'os que de chair, et des muscles comme des flèches dans un carquois de cuir. L'idée qu'il était ce que les gens appelaient un *clandestin* lui déplaisait, comme si se réveiller un matin de plus en Amérique faisait de vous un criminel. Leur ville lui manquait, ainsi que le fait de savoir où ils coucheraient tous ces prochains mois, l'odeur de savon de la *lavandería* de Perla ou l'arôme des piles de fruits au marché de Paloquemao. Même le chaos de Bogotá lui manquait, tout comme l'air de la ville, léger et friable comparé au boa constrictor de la chaleur texane.

— Ici, nous serons toujours des étrangers, insista-t-il. Nous sommes colombiens. Notre fille aussi. C'est là-bas que nous sommes chez nous.

Elena hocha la tête. Leur retour paraissait décidé. Mais c'est alors qu'elle annonça :

— Mauro, je suis enceinte.

À Houston, Mauro travaillait avec beaucoup d'hommes qui avaient traversé les frontières du Sud à pied, certains quatre ou cinq fois. Ils venaient de nations différentes, passant à travers le « couloir » des Amériques, parfois interceptés et renvoyés chez eux au bout de quelques jours tandis que d'autres étaient retenus pendant des mois dans des camps sans murs, où seules des toiles cirées les protégeaient du soleil piquant du Sud-Ouest et de la nuit glaciale. Envers et contre tout, ils revenaient, même si le voyage était plus dur, les aléas plus dangereux, convaincus que ce pays leur offrait plus que ce qu'il leur avait déjà pris. Mauro et Elena étaient arrivés dans des circonstances différentes, mais Mauro savait que les conséquences seraient les mêmes s'ils ne partaient pas avant l'expiration de leurs visas. Sans arrangement ou amnistie, un arrêté d'expulsion arriverait.

Alors qu'Elena et le bébé dormaient, Mauro tenait entre ses mains les trois passeports de la famille, effleurant de ses doigts les dates imprimées sur chacun, la photo de Karina collée sur la page. Ils l'avaient fait prendre dans un magasin à côté de chez eux à Chapinero. Le propriétaire n'avait cessé de répéter que Karina était trop petite pour prendre l'avion, que c'était contre nature de forcer un enfant des Andes à traverser un océan si tôt. Il les avait prévenus qu'elle contracterait un vertige incurable en quittant leur altitude si tôt dans sa vie et que cela continuerait à la hanter où qu'elle aille.

Après coup, l'insistance du commerçant avait fait rire Mauro et Elena. Mais maintenant, Mauro se posait des questions au sujet du bébé qui allait arriver. Elena était sûre que ce serait un garçon. Mauro ne savait pas si elle disait cela parce qu'elle croyait que c'était ce qu'il avait envie ou besoin d'entendre, comme si chaque homme ressentait l'exigence primitive d'engendrer un fils. Il pensa à son propre père, qui n'était pas un exemple à suivre. L'idée qu'il n'aurait rien à apprendre à son fils sur la façon d'être un homme le tourmentait ; mais il espérait au moins pouvoir lui donner une vie dans ce nouveau pays, même s'il y avait pour cela un prix à payer qu'il ne pouvait encore évaluer.

Quand les collègues de Mauro se réunissaient chez l'un ou l'autre et que bière et tequila circulaient, ou quand ils parlaient aux gens du voisinage, quel que soit leur pays d'origine, ils répondaient tous la même chose à la question de savoir pourquoi ils étaient venus dans ce pays et y restaient : plus de débouchés. Pour eux, pour leurs enfants, pour ceux qu'ils aimaient au pays et qu'ils pouvaient aider grâce à l'argent gagné aux États-Unis. Cela devint également vrai pour Elena et Mauro. Ils touchaient plus en une semaine au Texas qu'en un mois au pays en additionnant la paie de Mauro au marché et celle d'Elena dans la blanchisserie de sa mère. Mauro n'avait pas d'instruction et Elena n'avait pas poursuivi jusqu'à l'université parce qu'elle était enceinte de Karina. Avec sa monnaie dévaluée, le pays ne permettait pas d'aller de l'avant à qui n'était pas né dans une certaine classe, n'était ni riche ni corrompu, ni assez beau ou talentueux pour percer dans le football ou le showbiz.

Si Mauro et Elena ne respectaient pas la date de sortie sur leur passeport, l'entrée aux États-Unis leur serait interdite pendant au moins cinq ou dix ans, au terme desquels ils auraient peut-être l'autorisation de faire une demande pour une seconde entrée. Au départ, avoir pu obtenir des visas sans garants américains et compte tenu du quota annuel de Colombiens admis dans le pays relevait d'une intervention divine. S'ils restaient, leur existence en Amérique du Nord serait limitée jusqu'à ce qu'elle arrive à son inévitable terme. À moins de gagner à la loterie de la Green Card[1]. Mais ils auraient beaucoup trop peur pour prendre le risque de participer à ce tirage au

1. *Green Card Lottery*. Créée à la fin des années 1980 par le président Reagan, elle permet aux heureux gagnants de bénéficier d'une Green Card. Mais il faut remplir un questionnaire très détaillé pour participer.

sort. L'asile politique était tout aussi aléatoire. Venir d'un pays que les gringos voyaient systématiquement à travers le cliché de « piège mortel » ne suffisait pas à prouver que leur vie y était en danger, et pour cela ils devaient fournir un dossier détaillé de menaces répétées. Les périls de la pauvreté ne comptaient pas, il fallait invoquer un risque avéré de dommage corporel. Comme ils n'avaient jamais reçu de lettre menaçant de tuer ou de molester les membres de leur famille, on n'estimait pas qu'ils méritaient la protection du gouvernement. Un bon avocat aurait pu faire valoir que même si l'on n'était pas assez important pour être la cible d'assassins, cela ne voulait pas dire qu'on ne pouvait pas être tué à chaque seconde. Mais ils ne savaient pas comment trouver un avocat et on les mit en garde contre les escrocs qui exploitaient les gens comme eux, tous ces faiseurs de miracles autoproclamés qui promettaient la citoyenneté américaine en un an, faisaient payer d'avance, puis disparaissaient.

Elena et Mauro auraient également pu accéder à la citoyenneté en épousant des tierces personnes puisqu'ils n'étaient pas mari et femme. La voisine du dessus, dont Elena gardait les enfants, avait épousé un Texan blanc à cette fin. Ils ne se voyaient que pour les rendez-vous à l'office de l'immigration. Elle avait déjà dû s'acquitter de quelques milliers de dollars et il lui restait encore une somme à régler de façon échelonnée, mais sans avoir été contrainte à des relations sexuelles, et elle avait déjà sa Green Card en main. Cette solution – un mariage qui n'était qu'une

affaire de papiers – ne semblait pas déraisonnable à Elena. Mauro, lui, ne voulait pas en entendre parler.

Ils étaient prudents. Redoutant même de mettre le son de leur radio un peu trop fort, ils ne voulaient donner à personne de motif de se plaindre d'eux. On leur avait dit que les agents de l'immigration n'arrêtaient que sur dénonciation. Ils savaient que des équipes du SWAT[1] investissaient des immeubles d'habitation, des cuisines de restaurant ou des usines : des agents équipés de gilets pare-balles, munis de mandats de perquisition, faisaient irruption dans les foyers et défonçaient des portes au besoin comme si les gens à l'intérieur préparaient une attaque à la bombe ou un attentat. Ils vous emmenaient ou, si vous aviez beaucoup de chance, vous laissaient repartir avec un avertissement. Mais vous étiez fiché, convoqué pour des vérifications annuelles et classé dans la catégorie des gens susceptibles d'être expulsés.

Mauro et Elena pouvaient toujours rentrer en Colombie. Leur ancienne vie les attendait. S'ils restaient aux États-Unis dans ces conditions, ils n'auraient plus jamais la possibilité d'aller voir Perla sans renoncer à la vie qu'ils commençaient à se construire dans le Nord. Sans rectification de statut, il leur faudrait se perdre dans la population en priant pour que les lois changent, en espérant l'asile ou l'amnistie.

Mauro passait du temps à faire tournoyer des bouteilles, à jouer à pile ou face, à tirer une carte

1. Special Weapons and Tactics : unité d'intervention policière pour lutter contre la criminalité sous toutes ses formes.

au hasard d'un paquet, en quête de signes ou d'un moyen de prendre une décision pour sa famille : rester ou partir. Mais il n'y avait pas de carte pour la séparation prolongée entre Elena et sa mère. Pas de carte pour une condamnation à vie à l'incertitude. Pas de carte pour l'abandon d'un pays et le pari sur un autre. Pas de carte pour le regret.

Nando était beaucoup plus petit que leur fille à la naissance. Elena était sûre que c'était à cause du régime américain, il faisait grossir tout en privant d'éléments nutritifs. Mauro était là pour l'accouchement, mais il avait peur de revenir voir Elena et le bébé à l'hôpital car il avait entendu les voisins parler de quelqu'un qui avait été arrêté alors qu'il rendait visite à un parent mourant, et qui avait été emprisonné et expulsé dans la foulée. On racontait souvent ces histoires-là. La seule façon de s'en sortir était de se comporter de façon encore plus civique qu'un natif du pays, même en sachant qu'aux États-Unis, leur couleur de peau ferait toujours naître le soupçon. Elena et lui respectaient toujours la loi à la lettre, mais, lorsqu'ils eurent laissé passer la date où expiraient leurs visas, ils tremblaient à la vue des policiers qui pourraient leur demander leur pièce d'identité. Ils devraient alors avouer qu'ils n'en avaient pas. Pour contrebalancer chaque histoire horrible d'expulsion, il y en avait une autre où telle personne avait reçu de façon inattendue une amnistie, un droit d'asile ou une grâce, et qui avait pu obtenir un titre de séjour. Ils gardaient donc espoir. Et puis, ils avaient maintenant un fils différent d'eux, avec des perspectives d'avenir multipliées par deux.

Mauro prit une matinée pour faire sortir Elena et Nando de l'hôpital et les ramener à la maison. Il s'apprêtait à les quitter pour essayer de rejoindre l'équipe de l'après-midi quand il reçut un appel lui apprenant que les bureaux de la société de déménagement avaient été cambriolés. Mauro était sûr que la police allait débarquer après avoir trouvé son adresse dans les fichiers de la société et qu'ils seraient arrêtés et renvoyés en Colombie. Elena voulait croire que sa réaction était paranoïaque mais, épuisée comme elle l'était, elle ne discuta pas, malgré sa crainte que le bébé ne soit trop petit pour supporter un déplacement et que le stress ambiant ne soit dangereux pour lui. Elle regarda Mauro mettre dans des valises tout ce qu'ils pouvaient emporter, ne comprenant pas bien pourquoi rentrer dans leur pays semblait maintenant si terrible. Ils avaient pris ensemble la décision de rester aux États-Unis et de retarder leur départ pour la naissance de leur fils, même s'ils n'avaient pas évoqué la durée de cette prolongation. Dans l'esprit d'Elena, ils devaient simplement rester aussi longtemps que les conditions de vie seraient acceptables. Et voilà qu'ils étaient dans un car à destination d'une ville inconnue où un homme qu'ils ne connaissaient que de nom, un ami de l'un de leurs voisins de Houston, avait accepté de les loger.

Elena vit les avions s'abattre sur le World Trade Center sur un écran de télévision de leur chambre dans un motel de Spartanburg. L'homme qui devait les attendre à la descente du bus n'était pas venu.

Mauro s'était mis à téléphoner à tous les gens qu'il connaissait dans le pays pour savoir s'ils avaient une idée de l'endroit où Elena et lui pourraient aller vivre avec leurs deux bébés et se poser, ne serait-ce que temporairement.

Elena fit signe à Mauro de regarder l'écran.

— Ce n'est pas un film. C'est en train d'arriver maintenant.

Mais Mauro avait les yeux rivés sur un papier ouvert sur ses genoux, où il avait écrit une liste de noms, de lieux et de numéros de téléphone.

Lorsque le deuxième avion s'écrasa, Karina était couchée au milieu d'un nid d'oreillers et Nando dormait dans les bras de sa mère. Elena se demanda si elle était en train d'halluciner.

Bientôt les deux tours s'effondrèrent dans un nuage de fumée. Elle songea à l'eau qui cascadait des chutes de Tequendama ou d'Iguazú. Pendant un moment, elle oublia qu'elle n'était pas en train de regarder l'une des merveilles naturelles du monde, mais une catastrophe provoquée par des hommes.

6

Talia naquit le jour le plus froid de l'année, pendant le troisième hiver d'Elena et de Mauro dans ce nouveau pays auquel leur sang équatorial ne s'était pas encore habitué. Ils vivaient dans les environs de Hookford, une petite ville peu accueillante du Delaware, dans un appartement ou dans le minivan que Mauro avait acheté pendant l'année passée en Caroline du Sud où il avait trouvé du travail dans une usine de nourriture pour animaux. Là-bas, la famille avait logé dans une pièce d'une grange convertie pour loger les employés, et dont les lattes et les bardeaux avaient été mis à mal par les pluies éprouvantes de l'été. Sur l'écran de télé commun, ils avaient regardé les États-Unis larguer une bombe sur l'Afghanistan. Mauro et Elena avaient beau être nés en pleine guerre civile, ils se sentaient mal à l'aise dans cette Amérique récemment blessée qui pleurait ses trois mille morts et était travaillée par l'angoisse et le désir de vengeance.

En Caroline du Sud, ils s'étaient habitués aux regards des autochtones, à la façon dont ils leur sifflaient *Rentrez chez vous*, ce qu'ils faisaient semblant de ne pas comprendre. Parfois, quand Mauro était seul, quelqu'un lui marmonnait *Terroriste !* comme s'il était l'un de ces pirates de l'air dont le visage s'étalait dans les médias.

Un jour, Mauro entra dans une station-service pour s'acheter son billet de Powerball du samedi. Deux types blancs et agressifs le suivirent jusqu'à sa voiture et le coincèrent contre leur camion.

« D'où tu viens ? » demanda l'un. Une accusation plus qu'une question.

Mauro ne répondit pas et l'homme l'empoigna par le cou tandis que l'autre le frappait encore et encore. Mauro s'écroula au sol, le nez en sang, une dent cassée perdue dans le gravier. Il y avait des témoins, mais personne ne dit rien quand les deux hommes filèrent dans leur camion, et personne non plus n'aida Mauro à se relever.

Quand l'usine de nourriture pour animaux annonça des licenciements, il y eut un exode d'ouvriers vers la Géorgie et la Floride où, d'après les autres, il y avait plus de travail dans les usines et les fermes. Mauro insista pour continuer à monter vers le nord. Elena se demanda si, malgré les conflits armés, ils ne seraient pas plus en sûreté en Colombie. Perla lui rappelait alors que les dernières négociations de paix avec les chefs de la guérilla avaient échoué, que le jour de l'entrée en fonction du nouveau président une explosion avait tué quinze personnes dans le palais présidentiel, qu'à Bojayá des centaines de citadins avaient été tués ou blessés dans une église à côté d'une école, et que l'on comptait des dizaines d'enfants parmi les victimes. Même le crucifix avait été déchiqueté. L'événement avait eu lieu loin de la capitale, dans une ville en bordure du Pacifique, mais malgré tout, c'était *notre pays, notre guerre, nos morts*, songeait Elena. Quelle tristesse, tout de même, qu'elle ne se sente jamais aussi patriote que lorsqu'elle pleurait les victimes de son pays ! Le nouveau millénaire ne marquait aucune diminution de la violence. Elena savait que lors de tous les conflits armés, c'étaient les innocents qui payaient. Seulement dans cette guerre nord-américaine, tout étranger pouvait être perçu comme l'ennemi.

Mauro passait la plupart de ses soirées dans la salle commune avec les autres ouvriers, à boire des bières que chacun achetait à tour de rôle pour le groupe. Elena cherchait à lui parler quand il n'était qu'à moitié ivre, ce qui se faisait de plus en plus rare. Un de ces jours-là, elle l'appela pour qu'il vienne dans leur chambre. Les enfants étaient endormis sur le lit. Mauro et Elena s'assirent par terre, épaule contre épaule. À travers la fenêtre brillaient les lumières de l'usine, phosphorescentes. Ils avaient déjà reçu leur préavis signalant qu'ils devaient avoir libéré les lieux d'ici le week-end.

— Je suis fatiguée de déménager tout le temps, de nous voir traités comme des étrangers, en butte à une hostilité permanente. On n'est pas venus ici pour mener ce genre de vie. Rentrons chez nous.

Elena sentit sur son visage l'haleine de Mauro, chargée de bière, quand il soupira :

— On est jeunes et vaillants, si on ne passe pas ces années à essayer de construire un avenir meilleur pour nos enfants, quand le fera-t-on ? Je ne suis pas prêt à renoncer.

— Ma mère me manque.

— Tu veux finir comme elle et passer ta vie dans une maison qui tombe en ruine ? Si on reste, on pourra lui envoyer de l'argent jusqu'à ce qu'elle décide de nous rejoindre ici.

— On peut vendre la maison et en acheter une autre, dit Elena.

Mais ils savaient tous les deux que Perla ne les laisserait jamais faire, têtue comme elle l'était. Même avec son asthme dû aux produits chimiques après des décennies passées à la blanchisserie, elle refusait de fermer.

— Je t'en prie, Elena, fais-moi confiance. Ce n'est pas encore le moment de rentrer.

En allant à l'hôpital dans les rues tapissées de neige du Delaware, Elena avait essayé de repérer la couture entre le ciel et la terre, mais n'y était pas parvenue. Talia cherchait à sortir depuis plusieurs heures, mais Elena avait décidé d'attendre que le bébé soit absolument sûr que son heure était venue. Il ne restait plus assez de temps pour une péridurale. Elle n'en avait pas eu quand elle avait accouché de ses deux autres enfants. Elena n'avait fait qu'une échographie au cours des neuf derniers mois, en début de grossesse dans une clinique de Blades, sur l'autre rive, où l'on ne demandait pas de carte d'assurance maladie et où il fallait payer cash. Ils n'avaient pas assez d'argent pour une seconde, et Elena n'avait eu d'autre suivi médical que son instinct ; pourtant elle ne s'était pas inquiétée. Au Texas, où elle avait passé plusieurs scanners et de nombreux examens, les médecins lui avaient dit à plusieurs reprises qu'il y avait quelque chose d'anormal dans sa grossesse, qu'il serait sage d'avorter, que le bébé risquait d'être mort-né ou presque. Elle ne les avait pas écoutés et Nando était né petit mais parfaitement formé. Plus tard, elle avait appris par d'autres femmes qu'on leur avait raconté la même chose et qu'elles aussi avaient accouché de bébés en pleine santé. Elle ne savait pas que le bébé serait une fille jusqu'à ce qu'il arrive entre les mains du médecin. Lors de ses précédents accouchements, elle avait saigné comme un bœuf, pas cette fois-ci. La facilité avec laquelle Talia vint au monde stupéfia tout le monde.

Quand Talia naquit, ils habitaient une petite chambre dans un appartement au-dessus d'une pizzeria. Les fours les chauffaient les jours où le radiateur était en panne, et l'odeur de pâte et de fromage emplissait leur espace. Les vrais locataires de l'appartement étaient un couple de Pakistanais. Mauro connaissait le mari par son travail de concierge au motel. L'homme et sa femme dormaient dans l'autre chambre et ils avaient demandé à Mauro et Elena de les appeler Monsieur et Madame. Monsieur travaillait comme réceptionniste et Madame comme couturière. Leur fils adolescent était mort d'une leucémie l'année précédente, laissant vacante une chambre qu'ils sous-louaient au couple pour cent dollars par semaine. Elena ne communiquait avec eux que par gestes et quelques mots baragouinés. C'était Mauro qui se chargeait de leur parler grâce à l'anglais qu'il avait appris en travaillant.

Les nuits étaient froides. Ils gardaient leurs manteaux même pour dormir. Et les enfants n'étaient sortis de leur cocon de couvertures que pour être changés ou nourris. Karina avait trois ans, Nando deux. Madame les garda pour que Mauro puisse rester à l'hôpital et tenir le bébé pendant qu'Elena dormait. Elle était dans la même chambre qu'une autre accouchée, qui venait d'avoir un petit garçon. Elena remarqua que personne n'était venu les voir. La femme ne parlait pas espagnol, mais quand elles furent seules, elle apporta son bébé au chevet d'Elena et chacune tint le bébé de l'autre jusqu'à ce que le petit garçon se mette à pleurer. Alors chacune reprit son enfant.

D'après une infirmière américaine qui parlait espagnol, la femme et son fils étaient partis le lendemain en taxi. Avant que l'hôpital ne laisse sortir Elena, cette même infirmière vint lui parler. Debout à côté du lit, elle lui demanda si son mari était dans les parages ; lorsque Elena lui annonça qu'il était rentré chez eux pour s'occuper des autres enfants, l'infirmière parut soulagée.

— Maintenant que vous avez trois enfants, vous devriez songer à ne plus en avoir, fit-elle pendant qu'Elena donnait le sein au bébé. On peut pratiquer l'intervention ici à l'hôpital pour vous empêcher de vous retrouver dans la même situation. Vous n'avez pas besoin du consentement de votre mari.

À l'hôpital de Houston, on lui avait déjà tenu les mêmes propos après la naissance de Nando. Pendant quelque temps, elle s'était demandé si on ne l'avait pas stérilisée. Elle avait entendu ce genre d'histoires en Colombie. Travailleurs humanitaires, Peace Corps, ONG. Ils attiraient les femmes dans des dispensaires sous couvert de leur offrir des services gynécologiques gratuits et elles ressortaient sans savoir qu'elles ne pourraient plus avoir d'enfants. Quand elle avait découvert qu'elle était enceinte pour la troisième fois, elle avait éprouvé une bouffée de soulagement en constatant que les médecins du Texas l'avaient laissée intacte.

L'infirmière parut déçue en voyant qu'Elena ne répondait pas.

— Je sais que votre famille a déjà des difficultés pour vivre. Comment allez-vous pouvoir entretenir trois enfants avec le seul salaire de votre mari alors que vous n'avez pas d'autre revenu et pas d'aide ?

La façon qu'avait l'infirmière de présenter ses bébés comme des fardeaux mit Elena mal à l'aise. Jamais elle ne pensait à eux en ces termes. En Colombie, on raconte qu'un enfant arrive avec une miche de pain sous le bras. Quand il y en a pour quatre, il y en a pour cinq. Même Madame lui avait assuré que chaque bébé porte chance à sa famille. Elle expliqua à l'infirmière qu'ils habitaient avec un couple très gentil qui aidait à garder les enfants les soirs où la pizzeria avait besoin de personnel supplémentaire à la cuisine. L'infirmière hocha la tête et Elena pensa qu'elle comprenait qu'ils se débrouilleraient.

Quand elle se retrouva seule avec sa petite fille, Elena la regarda dormir dans ses bras. Un gros bébé diaphane, à la peau encore pâle de n'avoir jamais vu le soleil. Elles avaient eu de nombreuses conversations dans les mois précédant sa naissance. Elena lui avait promis de la protéger du mal et elle avait senti aux petits coups de pied de l'enfant qu'elle l'avait entendue. Elle avait fait la même promesse à ses autres enfants et ils vivaient dans une bulle de bonheur, jouaient sur le siège arrière du minivan, riaient même quand ils avaient faim, inventaient des chansons l'un pour l'autre les soirs qu'ils passaient sur des aires d'autoroute, qui, elle l'espérait, ne resteraient pas gravés dans leur mémoire.

Le bébé fut appelé Talia, du nom de l'actrice qui incarnait la femme de Rocky. Mauro adorait ces films et Elena avait toujours été persuadée que la femme du boxeur était beaucoup plus résistante que lui. Seules les femmes savent la force qu'il faut déployer pour aimer un homme et l'accompagner vers celui qu'il croit être censé devenir.

Mauro, lui, n'avait jamais eu le goût de la bagarre. Du moins, pas avec ses poings. Il trouvait son refuge dans l'alcool quand il se heurtait à des adversaires plus forts que lui et inattaquables : un contrôleur, un propriétaire, un loyer à payer. L'hiver où Talia était née, il buvait comme si l'alcool nourrissait ses cellules. Lorsqu'ils étaient adolescents, Mauro et Elena allaient à des soirées où ils avalaient de l'*aguardiente*, dansaient la *cumbia*, partageaient des bières et sirotaient des *wiskisitos* dans les boîtes et les festivals où des rockers et des *salseros* célèbres venaient dans la capitale. Mauro se vantait de boire plus que tous ceux qu'ils connaissaient et d'arriver à marcher droit au bord d'un toit d'immeuble. Elle l'avait vu faire plusieurs fois sur le toit de sa maison à Chapinero. Mais aujourd'hui, il avait du ventre et son agilité avait disparu. Il achetait de l'alcool de plus en plus ordinaire car c'était tout ce qu'il pouvait se permettre à l'insu d'Elena.

Il buvait parfois au travail, ce qui lui avait valu d'être mis à la porte plus d'une fois ; aux repas, même quand Elena lui demandait de l'aider à donner à manger à un enfant pour qu'elle puisse en nourrir un autre. Mais à l'hôpital, après la naissance de Talia, la tête posée à côté du ventre dégonflé d'Elena, une fois le bébé langé et endormi dans un petit berceau en plastique à côté du lit, il avait promis de ne plus jamais toucher à l'alcool. Il avait trouvé une église et s'était agenouillé devant l'autel consacré à saint Jude, patron des causes désespérées, et avait demandé l'aide du saint pour cesser de boire.

— Je veux être meilleur, avait-il confié à Elena. Le genre de père dont on se souvient pour des raisons honorables. Le genre de père que toi et moi n'avons jamais eu.

Il était le seul homme qu'elle eût jamais embrassé, qu'elle eût jamais connu. Elle savait que Mauro la considérait comme une sorte d'ange. Cela ne la dérangeait pas. Perla assurait que c'était normal que les hommes idéalisent la femme qu'ils aimaient. C'était pour cela qu'ils étaient si nombreux à avoir des maîtresses et que les bordels étaient toujours si remplis. Pourtant Elena avait les mêmes désirs que les autres.

À Paloquemao quand elle avait rencontré Mauro – mince, avec les cheveux longs, des sourcils affaissés par la fatigue, et vêtu d'un de ces lourds ponchos qu'il portait avant d'avoir de quoi s'acheter une veste en cuir au marché aux puces –, il avait une élégance qu'elle ne pouvait expliquer, même s'il ne ressemblait pas aux garçons plus instruits qu'elle connaissait. Elle se souvenait qu'elle pensait beaucoup à lui après leurs premières rencontres au marché, et qu'une marée d'amour avait commencé à l'emporter tandis qu'elle travaillait à la blanchisserie, espérant le voir entrer chaque fois que la porte tintait.

Depuis qu'ils étaient montés vers le nord, Elena avait songé à plusieurs reprises à prendre les enfants et le quitter. Mais elle s'était persuadée que toutes les femmes font l'expérience de cette tentation-là. Seule l'épreuve de l'endurance révèle le véritable amour, lui avait soufflé sa mère. L'instinct d'Elena la poussait à rester, à maintenir l'unité de la famille. Quels que soient le lieu ou la façon dont ils vivaient, elle était persuadée que leurs chances de survie étaient meilleures lorsqu'ils étaient ensemble que séparés.

7

Le propriétaire arriva sans crier gare. Quelques semaines après la naissance de Talia, une dénonciation anonyme lui avait signalé que sept personnes vivaient au-dessus de la pizzeria alors que le bail était pour deux seulement. Monsieur et Madame essayèrent de le retenir dans le salon, mais il se rendit dans la seconde chambre et trouva Elena et les trois enfants endormis sur la banquette convertible à côté de la fenêtre donnant sur l'allée. Mauro était sous la douche. Il n'y avait qu'une seule salle de bains pour eux tous, et Monsieur et Madame avaient demandé à la famille de se laver à certaines heures de la matinée ou de la soirée afin de ne pas changer leurs habitudes. Quand Mauro sortit, habillé et les cheveux mouillés, il trouva Karina et Nando en train de pleurer. Talia, elle, était silencieuse ; elle suivait du regard son père, Monsieur et Madame qui essayaient d'argumenter avec le propriétaire, comme si elle savait avant tout le monde comment tout ceci finirait.

Le propriétaire déclara que c'était une *occupation illégale* à cause du nombre de locataires et parce que trois personnes sur les cinq composant la famille n'avaient pas la permission d'être dans le pays. Il déclara qu'il ne pouvait pas prendre le risque d'être condamné à payer une amende à la ville et que « loger des clandestins » était, pensait-il, une forme de délit, même si Monsieur et Madame affirmaient le contraire. Il avertit le couple de Pakistanais que s'ils essayaient de cacher la famille chez eux, il changerait les serrures et les ferait expulser.

— Vous êtes de braves gens. Ne vous laissez pas exploiter.

L'essentiel de la conversation échappa à Elena. Mauro la lui résuma plus tard. Le propriétaire avait accepté de leur laisser une semaine pour trouver un endroit où loger avant de pénaliser Monsieur et Madame. Il faisait preuve de compréhension, avait-il insisté, parce qu'ils avaient un nouveau-né.

Pendant son jour de congé, Mauro se mit en quête d'un logement. Il avait déjà demandé à ses collègues du motel s'ils connaissaient quelqu'un qui louait un studio, une chambre ou une caravane, mais sans résultat. Aujourd'hui, il comptait poser la question aux ouvriers de l'entrepôt de papier où il était balayeur, et à l'usine où il avait auparavant emballé des boîtes de bougies parfumées. Ils ne pouvaient pas recommencer à passer les nuits dans la voiture. Pas par ce froid. Ils s'en étaient accommodés pendant les mois de printemps et d'été, quand ils étaient montés vers le nord par la côte depuis la Caroline du Sud, en quête d'un endroit où s'établir, utilisant les toilettes des stations-service pour se laver. Elena passait des heures dans les parcs et les centres commerciaux avec les enfants pendant que Mauro cherchait du travail.

Avant de partir ce matin-là, il embrassa Elena et chacun des enfants. Le bébé dormait sur la poitrine de sa mère ; Nando et Karina, pelotonnés de chaque côté, somnolaient encore. Depuis la naissance de Talia, Mauro avait tenu parole. Pas une goutte d'alcool. Rayonnant de sobriété, il tenait le bébé dans ses bras en lui chantant des chansons entendues dans son enfance et celle d'Elena, et qui commençaient à s'effacer de leur mémoire.

— J'ai eu une prémonition, chuchota-t-il, auréolé de la lumière du matin. Notre famille va vers des jours meilleurs. J'en suis sûr comme du lever du soleil.

Dans les ombres de la chambre, longtemps après son départ, Elena se souvint des jours où leur amour était tout neuf et prenait comme un incendie, même s'il était bien circonscrit par les montagnes entourant leur ville natale ; avant qu'ils ne soient contaminés par ce rêve, cette maladie plutôt, qui les persuadait que leur vie en Colombie n'était plus assez bonne pour eux. Qu'ils méritaient plus, d'une manière ou d'une autre.

S'il y avait un moment pour rentrer, songeait Elena, c'était maintenant. Mais quelques jours auparavant, une voiture piégée avait explosé devant un club sélect fréquenté par des membres du gouvernement à quelques pâtés de maisons de chez elle, à Chapinero, tuant trente-six personnes : l'attaque la plus meurtrière dans le pays depuis des années, suivie par une bombe à Neiva, qui visait le président et avait fait seize victimes. On n'était pas plus en sécurité dans un pays que dans un autre.

Une femme avait été retrouvée morte dans une benne à ordures derrière le motel où travaillait Mauro. Cela s'était passé la nuit précédente, pendant qu'ils dormaient. Elena regardait les nouvelles en espagnol lorsque tous avaient quitté l'appartement. Comme pour la salle de bains, la famille ne pouvait se servir de la cuisine que lorsque Monsieur et Madame n'y étaient pas, ce qui était compliqué car Madame passait ses soirées à cuisiner. Elena asseyait Karina et Nando à table pour qu'ils mangent leurs pâtes alors qu'elle tenait le bébé contre sa poitrine. Le reporter déclara que la victime était une cliente du motel, bien qu'aucune chambre n'ait été enregistrée à son nom. Peut-être était-ce une prostituée. On savait qu'elles étaient nombreuses à passer au motel. Les hommes d'affaires fréquentaient les hôtels de meilleur standing près de l'autoroute. Ce motel-ci n'était pas de ceux qu'on irait choisir en premier. Mauro travaillait comme concierge. Il lavait le hall, les couloirs et nettoyait les cochonneries laissées dans les chambres lorsqu'elles étaient trop répugnantes pour que les femmes de ménage s'en chargent. C'était sans doute l'un de ses collègues qui avait découvert le corps. En attendant le retour de Mauro, Elena pensa toute la journée à cette femme morte. Elle songea à sa famille, à ceux qui l'aimaient, se demandant s'ils vivaient dans ce pays ou un autre. Triste fin, se dit Elena, d'être découverte gelée au milieu des ordures.

Il était tard. Les enfants dormaient depuis longtemps quand Mauro appela du commissariat. On l'avait arrêté, dit-il. Il était dans le minivan lorsque deux flics avaient commencé à tambouriner contre la fenêtre.

La première pensée d'Elena fut pour la morte du motel. Peut-être avaient-ils essayé de lui mettre le meurtre sur le dos après avoir découvert qu'il travaillait là-bas ? Les heures de solitude en attendant de le voir apparaître donnaient à Elena le sentiment que tout était possible.

— Tu étais ivre ?

— Non. Je t'ai promis que je ne recommencerais pas. Je réfléchissais à notre situation et me demandais quoi faire, et je me suis endormi. Juste un petit somme. La voiture était garée. Je ne courais pas le risque de renverser qui que ce soit.

Depuis qu'ils avaient acheté cette voiture, ils savaient qu'ils avaient augmenté leurs chances d'être découverts. Mais Mauro n'avait jamais été arrêté. Tiberio lui avait appris à conduire avec une précision militaire et il observait chaque article du code de la route comme s'il l'avait écrit lui-même.

— Comment peut-on t'arrêter pour avoir dormi ?

— Ils peuvent faire tout ce qu'ils veulent.

— Dis-moi seulement quand tu sortiras.

Il expliqua qu'il avait soufflé dans un éthylotest, mais il avait été arrêté parce qu'il n'avait pas de permis de conduire ni d'assurance valides. Il y aurait une audience plus tard. Pour l'instant, il fallait qu'il demande à Monsieur et Madame de lui prêter cinq cents dollars pour que la police le laisse rentrer chez lui.

Mauro contacta un ami d'ami dans le New Jersey qui lui assura que la famille pourrait rester quelque temps chez lui, car il y avait beaucoup d'offres d'emploi dans la région. La police avait saisi la voiture, aussi Mauro et Elena durent-ils laisser les quelques meubles qu'ils possédaient à Monsieur et Madame en remboursement de l'argent qu'ils leur devaient avant de prendre un car pour Newark. À l'époque, les gares routières n'étaient pas surveillées comme aujourd'hui par des agents du contrôle des frontières. Ils s'installèrent à cinq sur des sièges prévus pour deux. Mauro tenait Karina et Nando chacun sur un genou, et Elena avait le bébé dans les bras. Dante vint les chercher à l'arrêt du car et les emmena dans sa maison de East Orange. Il était originaire de Buenaventura et habitait une grande maison avec sa femme hondurienne Yamira, son fils à elle et neuf autres personnes, un mélange de parents, d'amis et de gens comme Mauro et Elena, qui n'avaient nulle autre part où aller. Ils leur laissèrent le sous-sol, car les précédents occupants venaient de partir pour une usine de viande à New Paltz.

Yamira avait un diplôme d'économie, mais elle montra à Elena comment faire le ménage. Elena demanda pourquoi cela nécessitait une formation. Elle avait grandi dans une *lavandería*. Et Perla tenait la maison aussi propre qu'un service de chirurgie. Elena ne pouvait quitter sa chambre le matin sans avoir fait son lit, plié ses vêtements, balayé le sol et tout rangé. Yamira soutint que le ménage ne se faisait pas de la même façon pour les Américains, et que si Elena voulait trouver un travail qui pourrait lui rapporter cent dollars par jour dans les bons quartiers, il faudrait qu'elle apprenne à utiliser les détergents dont ils avaient l'habitude, repasser le linge et passer l'aspirateur à l'américaine. Il faudrait aussi qu'elle apprenne à travailler vite, à moins d'être payée à l'heure, auquel cas elle pourrait faire traîner certaines tâches en longueur.

Elena accompagna Yamira chez plusieurs de ses clients, regarda comment elle faisait les lits, ensevelis sous des montagnes de couettes épaisses, et arrangeait les oreillers. Elena trouvait que les maisons des gringos étaient pleines d'objets superflus. Les enfants avaient plus de jouets que de raison sur leurs étagères. Les placards des femmes et des filles débordaient de vêtements et de chaussures. Quant aux maris et aux fils, il y avait chez eux plus de câbles et de gadgets que dans un laboratoire.

Yamira se rendait pour ses ménages dans des villes aux rues larges, bien entretenues, entourées de collines fleuries. Rien à voir avec les routes sinueuses et défoncées de Bogotá. Ses clients vivaient derrière des grilles ou dans des maisons enveloppées dans des porches ressemblant à des tutus de ballerine. Parfois, pendant qu'elles travaillaient, ils étaient là à regarder la télévision, l'ordinateur ou même à faire la sieste. Parfois, Elena et Yamira entendaient des conversations ou des disputes, des enfants qui pleuraient sans personne pour les consoler. Elena aurait voulu prendre ces enfants dans ses bras, les serrer contre elle, mais Yamira l'avertit que les patrons préféraient que les femmes de ménage restent invisibles. S'investir personnellement pouvait vous faire virer.

Quand Mauro et Elena partaient travailler, ils confiaient leurs enfants, moyennant vingt dollars, à une femme qui vivait avec son mari et deux autres personnes dans une des chambres en haut de la maison de Dante et Yamira. Ils vécurent ainsi plusieurs mois, s'accommodant de leur sous-sol sans fenêtre grâce au radiateur qu'avait prêté Yamira pour qu'ils le mettent à côté du lit, nid douillet de battements de cœur où ils couchaient tous.

Certains soirs, Mauro et Dante allaient dans un bar à quelques pâtés de maison de là, où d'autres voisins se réunissaient. Mauro s'était remis à boire, mais beaucoup moins, et Elena laissait passer sans faire d'histoires. Il avait trouvé du travail dans une autre usine où l'on conditionnait la laque capillaire en la mettant dans des vaporisateurs métalliques. Du travail au noir, comme d'habitude, et parfois la paie était moindre que prévu, mais ils ne pouvaient pas se plaindre. Ils n'avaient pas de compte en banque. Chaque dollar économisé était envoyé à Perla. Quand ils n'étaient pas payés en liquide, ils allaient dans un bureau d'encaissement de chèques sur Central Avenue. Ce jour-là, Mauro donna à Dante son chèque à encaisser alors qu'il faisait une autre course. Lorsqu'il retrouva Dante au bar plus tard avec l'argent liquide, Mauro remarqua que le compte n'y était pas.

Elena apprit par des témoins que Mauro avait essayé de raisonner Dante. Celui-ci nia avoir pris quoi que ce soit. *Comment oses-tu m'accuser d'être un voleur, moi qui héberge ta famille ? Sans moi, vous seriez à la rue !* Ils rapportèrent que Dante avait bousculé Mauro le premier. Terrifié à l'idée d'avoir de nouveaux ennuis avec la police, Mauro avait reculé, mais Dante lui avait donné un coup de poing, puis un second et un troisième, jusqu'à ce que Mauro s'effondre sur le sol. Des flics qui patrouillaient au coin de la rue entendirent le bruit de la bagarre et vinrent voir ce qui se passait. Dante était citoyen américain, donc ils le laissèrent partir sans retenir de charges contre lui. En vérifiant les antécédents de Mauro sur leurs fichiers, ils virent qu'il avait été condamné pour un précédent délit dans le Delaware, ne s'était pas présenté à l'audience, n'avait pas de papiers. Et ils l'emmenèrent.

On expliqua seulement à Elena que Mauro, en « rétention administrative », avait été transféré à l'ICE – l'organisme ayant remplacé l'INS[1] –, qui l'avait mis en détention. Elle croyait qu'il devrait purger une peine, puis qu'il viendrait la rejoindre : peut-être devrait-il ensuite se présenter une fois par an aux services de l'immigration, comme certaines de leurs connaissances, mais ils seraient libres de reprendre tranquillement le cours de leur vie. Elle n'avait pas encore compris que Mauro ne leur serait jamais rendu et que dans cette Amérique nouvelle, il était déjà condamné à l'expulsion.

---

1. ICE : *Immigration and Customs Enforcement*. Agence fédérale américaine créée en mars 2003 après les attentats du 11 Septembre. Elle est chargée de faire respecter les lois relatives à l'immigration et aux douanes, et de traquer l'immigration illégale en renvoyant dans leur pays d'origine les clandestins. Elle remplace l'INS (*Immigration and Naturalization Service*), supprimé en 2003.

8

Dans un café de Barichara, Talia observait les touristes, avec leurs colliers aux cordons de cuir ou de métal, assis à des tables et penchés sur des guides, le nez sur leur téléphone, leurs *mochilas*[1] posées à côté d'eux. Ils buvaient des cafés, des jus de fruits et se connectaient au wi-fi. Le seul espagnol qu'entendait Talia venait de la télévision accrochée au-dessus du comptoir. Parmi les principales infos du jour : *Une douzaine de filles se sont échappées d'une école pénitentiaire dans les montagnes de Santander.* Ni photos ni noms. Quatre d'entre elles avaient été localisées mais la trace des huit autres n'avait toujours pas été retrouvée. Le plan suivant montrait sœur Susana debout devant le poste de garde, parlant dans un micro tenu à hauteur de son visage :

— Nous sommes inquiètes pour la sécurité des filles et espérons que les personnes ayant des informations auront le bon réflexe de nous avertir ou de contacter la police. Les familles ont été prévenues et sont très préoccupées.

1. Sacs à dos.

Talia se félicita d'avoir troqué le sweat-shirt de la prison contre un T-shirt qu'elle avait vu accroché à une corde à linge après avoir été déposée par le vieux conducteur dans les faubourgs de la ville, mais elle avait toujours son pantalon de survêtement de l'école, crasseux d'avoir été porté depuis sa fuite et usé. Elle finit le soda payé avec l'argent qu'il lui avait donné avant de la quitter en lui faisant un signe de croix sur le front, comme si elle était une parente. Elle alla aux toilettes pour se laver le visage et relever ses cheveux en chignon sur le sommet de son crâne. En sortant, elle avisa un homme assis tout seul à une table – il devait avoir l'âge de son père ou un peu moins, et n'était à l'évidence pas un type du coin – et décida de l'aborder.

— Je peux m'asseoir ?

Il désigna de la main le siège vide en face de lui. Talia avait appris un peu d'anglais à l'école et en regardant des films et des programmes de télé non doublés. Quand sa mère passait le téléphone à Karina et à Nando, elle arrivait à comprendre une partie de ce qu'ils disaient, même si elle se rendait compte qu'ils parlaient très lentement pour qu'elle suive.

— Je m'appelle Elena.

Il l'étudia comme si elle risquait de lui faire les poches au vu de tout le monde. Un air qui n'avait rien à voir avec les expressions typiques du touriste allumé, mélange de joie puérile et de surexcitation. Elle sentit qu'au bout des dix secondes qui venaient de s'écouler, il avait déjà conclu qu'il était beaucoup plus malin qu'elle.

— Je t'écoute.

Elle se douta qu'il attendait des mensonges, aussi opta-t-elle pour une version de la vérité.

— Je me suis sauvée de mon pensionnat. Il faut que je retourne à Bogotá. Mon père m'attend. Je n'ai pas d'argent. Vous pouvez m'aider ?

Il ne la crut peut-être pas, mais fut assez intrigué pour ne pas la chasser comme les touristes repoussent les enfants qui mendient devant les restaurants dans l'attente de quelques piécettes. Il parlait bien espagnol, malgré une tendance à prononcer les R avec la gorge plutôt qu'en les laissant rouler sur sa langue, et à faire traîner ses voyelles comme un gangster de cinéma. Il dit qu'il était français. Son prénom était Charles – il se faisait appeler Carlos car il était en Colombie depuis plusieurs années. Il était fasciné par le pays depuis qu'il avait entendu parler d'Ingrid Betancourt, retenue en otage dans la jungle, et était tombé plus ou moins amoureux d'elle. Il avait fait des études de philosophie, exercé un travail de fonctionnaire qui détruisait lentement son âme, jusqu'au jour où il avait ressenti dans son cœur l'appel de l'Amérique du Sud.

Talia fit mine d'être fascinée, alors qu'elle était déjà excédée en voyant que tout le monde autour d'eux la regardait comme si elle était une pute en herbe en train de lever un client.

— Ça vous ennuierait qu'on continue cette conversation ailleurs ?

Après une courte hésitation, le type la suivit jusqu'à la route pavée. Il portait un jean, un T-shirt et une veste en jean. Au poignet, il avait un bracelet en macramé aux couleurs nationales, le genre d'objet que les Colombiennes offrent à leurs petits amis étrangers.

— Où est votre copine ?

Il la regarda : cette petite Elena était-elle là pour faire son bonheur ?

— Je l'ai laissée à Caldas.

Ils s'installèrent sur un banc en face de l'église. Il alluma une cigarette et lui en proposa une, qu'elle accepta. Silence, puis il glissa sa main sur celle d'Elena. Elle était vierge, mais avait embrassé quatre garçons différents depuis ses treize ans. Il avait la main lourde et rugueuse, pourtant elle ne la repoussa pas.

— Dis-moi, Elena, qu'est-ce que tu veux de moi ?

— Je dois rentrer à Bogotá. Mon père m'attend.

— Tu espères juste de l'argent pour prendre le bus ?

De la déception dans la voix. Elle devina que cet homme était en quête d'un but. Sinon pour toute sa vie, du moins pour la journée. Le soleil n'était plus qu'une tache jaune pâle derrière les crêtes montagneuses. D'ici quelques minutes, le jour aurait disparu.

— Vous avez une voiture ?

— Oui.

— Vous pourriez m'y conduire. Ce serait plus sûr pour moi que de prendre le bus toute seule. Avec vous, je ne craindrais rien.

Il hésita, attendant peut-être qu'elle propose quelque chose en échange.

— Je n'aime pas circuler la nuit sur ces routes, déclara-t-il. J'ai loué un appartement ici pour la semaine. Si ce que tu m'as raconté est vrai, tu n'as nulle part où aller. Tu peux venir avec moi et je t'accompagnerai chez toi demain matin.

— Vous ne pourriez pas aussi m'acheter des vêtements de rechange ? demanda-t-elle avec un petit sourire forcé. Les miens sont sales. J'ai repéré un magasin tout à l'heure. On peut encore y arriver avant la fermeture.

L'appartement du Français était un studio aux murs de stuc et aux poutres apparentes. Ils étaient assis sur le canapé, avec entre eux un pique-nique d'empanadas et de chorizo. Elle portait le jean neuf, le chemisier et le pull qu'il lui avait achetés. Comme ils n'avaient pas trouvé de chaussettes, il lui avait donné une paire des siennes à porter avec les tennis de la prison à la toile incrustée de boue et de poussière et aux semelles massacrées. Il lui avait proposé de l'emmener dîner au restaurant. Elle lui avait objecté que même si on n'avait pas montré son visage aux informations, sa photo avait dû circuler dans les commissariats de la région et qu'elle ne voulait pas être reconnue et arrêtée juste au moment où elle essayait de rentrer chez elle.

— Je ne vais pas m'attirer des ennuis en t'aidant à te cacher ?

— On ne fait jamais rien aux étrangers. Et puis, être charitable n'est pas un crime.

Cette réponse plut à l'homme, qui lui reversa du vin alors qu'elle avait à peine touché à son verre.

— Je n'arrive pas à croire que tu n'as que quinze ans. Je te donnais beaucoup plus. Ton visage. Quelque chose… Je ne sais pas.

Il avait trente-huit ans. Il était venu en Colombie enseigner le français. La plupart de ses élèves étaient de riches femmes au foyer de Medellín, car les gens choisissaient de préférence l'anglais pour des raisons pratiques.

— Tant de gens veulent partir d'ici, fit-il. Je ne comprends pas. Pourquoi vouloir quitter le plus beau pays du monde ?

Le père de Talia prétendait que ceux qui partaient étaient plus en quête de tranquillité d'esprit que d'argent à gagner. Elle dit au Français que les Colombiens quittaient leur pays pour la même raison que lui le sien : il ne leur donnait pas ce qu'ils cherchaient. Il opina et ajouta qu'il avait toujours eu l'impression d'être né en France par erreur. Elle se demanda si en naissant, on pouvait déjà être en décalage par rapport au destin, mais se borna à lui répondre qu'elle était très fatiguée et avait sommeil.

Il lui laissa le lit, il dormirait sur le canapé. Elle s'approcha du matelas, n'ôta que ses tennis avant de se glisser sous la couverture, et ferma les yeux bien que la lumière fût encore allumée. Dans la prison-école, Talia restait allongée sur son lit étroit et se projetait des films sur l'écran de ses paupières fermées : des images du visage de sa mère et des scènes de sa vie dans le Nord, une vie qui serait bientôt la sienne. Elle connaissait Elena d'après des photos, mais aurait sans doute été incapable de la repérer dans une foule avant ces dernières années où les appels téléphoniques pouvaient se faire en vidéo – du moins jusqu'à ce que l'image se fige ou que l'écran devienne noir. Lors de ces conversations, Talia voyait la chambre de sa mère derrière elle. Elle observait tout avec attention lorsqu'Elena circulait avec le téléphone pour lui montrer la maison, les chambres de son frère et sa sœur. Elena lui avait expliqué qu'elle partagerait la chambre de Karina en arrivant. Ils lui avaient déjà trouvé un lit. Elle avait fait visiter à Talia les alentours de la maison : de l'herbe soyeuse, des arbres aux feuilles qui changeaient de couleur et qui tombaient en suivant le mystère des saisons, à la différence de Bogotá où les seuls changements de temps oscillaient entre « humide » et « très humide ». Durant l'hiver de sa mère, Talia vit des mèches de neige sur les fenêtres. Durant les étés du Nord, elle vit son frère et sa sœur hâlés, les cheveux plaqués après avoir nagé dans la piscine. Certains jours, le soleil de Bogotá perçait assez pour donner un avant-goût de la vie au-delà des tropiques du Cancer et du Capricorne et fracasser la monotonie climatique. Mais il ne tardait pas à se voiler à nouveau de nuages, et on se souvenait que ces minutes d'été étaient un leurre. Le mieux qu'avait à offrir ce coin des Andes était le cycle de saisons en une seule journée.

Certains soirs, l'histoire de la famille de Talia en Amérique du Nord crépitait et s'obscurcissait comme si elle était effacée de la pellicule. Les souvenirs de Perla s'y superposaient. Des années où l'odeur de la *lavandería* lui emplissait les poumons et emportait son esprit et ses souvenirs avec l'eau de rinçage.

Talia avait d'abord remarqué que sa grand-mère commençait à l'appeler Elena. *Moi, c'est Talia, abuela*, lui rappelait-elle ; gentiment, car Perla avait sa fierté. Perla s'était aussi mise à appeler Mauro du nom de son ancien mari, Joaquín, qui, d'après la rumeur, avait été assassiné à Cúcuta après quelques années passées au Venezuela, mais Perla ne lui avait pas assez pardonné pour croire cette rumeur. Elle n'avait que cinquante ans quand ses articulations avaient commencé à gonfler, et, aux yeux de Talia, elle vieillissait à la vitesse de la lumière. Au fil des ans, Elena avait souvent voulu que sa fille revienne vivre avec elle. Quand elle avait été en âge de commencer la maternelle, puis chaque été, et ensuite chaque rentrée scolaire. Mais Talia suppliait qu'on la laisse avec sa grand-mère, qui se voyait régulièrement refuser ses demandes de visa. Perla ne survivrait pas sans elle. Rester seule dans le pays alors que toute sa famille était à l'étranger la tuerait plus sûrement que les miasmes de la *lavandería* ou l'air raréfié de la montagne.

C'étaient les années où Mauro avait sombré dans l'alcool. Celles où Talia ne voyait son père que sur le pas de la porte car il était trop ivre pour qu'on le laisse entrer. Des années où il était sale, hirsute, se mettait à pleurer en voyant sa fille et ne partait que lorsque Perla lui disait qu'il n'était pas souhaitable pour l'enfant de voir son père dans un état pareil. Quand Perla était tombée malade, Mauro était revenu pour de bon, annonçant qu'il était un autre homme. Il avait vu Dieu, ou les dieux, eu des conversations avec les anges et les ancêtres. Libéré de ses

9

Le premier voyage à moto de Talia. Le conducteur sentait le tabac, avec une pointe d'eau de Cologne bon marché. Il avait des bras lisses et, au-dessus de la ceinture, une longue balafre qui disparaissait sous sa chemise. Les cuisses de Talia entouraient les siennes et ses bras lui encerclaient la taille. Il devait sentir contre son dos le contact de ses seins. Une intimité singulière, malgré le bruit du moteur, la chaleur de l'échappement sous ses pieds et le vent qui lui brûlait les yeux, l'obligeant à appuyer son visage contre l'épaule du motard si elle voulait s'en protéger.

Elle l'avait rencontré dans une ruelle de Barichara, après avoir quitté l'appartement du Français. Les rues étaient désertes et elle ne voulait pas courir le risque d'attendre un bus, d'autant que l'homme risquait de partir à sa recherche après avoir découvert au réveil qu'elle l'avait volé. Le motard avait enfourché sa bécane et mettait son casque quand Talia s'approcha de lui en courant et lui demanda s'il pouvait l'emmener hors de la ville en échange du téléphone du Français, de son portefeuille et de son contenu.

Il inspecta le téléphone, compta toutes les cartes dans les fentes prévues à cet effet, comme s'il recevait tous les jours ce genre de proposition. Elle avait déjà prélevé l'argent liquide et l'avait caché dans le fond de sa culotte. Il désigna du doigt une pièce d'identité délivrée par le gouvernement.

— Je peux l'avoir aussi, celle-là ?

— Oui, le tout.

— Tu ne devrais pas faire les poches des touristes. Ça donnera mauvaise réputation à la ville. On dépend de leur fric ici.

— Ça n'est pas ce que tu crois. Si tu me sors d'ici tout de suite, je t'en dirai plus tout à l'heure.

Il semblait un peu plus âgé que Talia et pas particulièrement dangereux. À moins qu'il n'ait une arme à feu ? Dans sa position de passagère, elle sentait pourtant chaque repli de ses vêtements et, avec une vue plongeante sur l'arrière de son pantalon, elle était pratiquement sûre qu'il n'était pas armé. Les filles de la prison disaient que quand on est attaquée ou si on a besoin de tuer un type sans être armée, il faut lui enfoncer les doigts dans les orbites et les tourner comme un tire-bouchon. Et ne pas s'étonner si un œil se détache. Ces machins-là ne tiennent pas aussi bien qu'on pourrait le croire. En faisant ça, vous neutralisez le gars et pouvez lui envoyer un coup de pied dans le bas-ventre. Une fois qu'il est plié en deux, vous lui attrapez le pénis et tirez. Quand le type est par terre et commence à se tordre comme un cafard agonisant, prenez une pierre ou un autre objet lourd à laisser tomber sur sa tête. À faire si vous n'avez pas de couteau. Sinon, le mieux est d'essayer de l'égorger plutôt que de viser le corps, parce qu'entre les côtes, la graisse et le muscle, c'est quitte ou double quand on essaie de tuer avec une lame, et mieux vaut ne pas prendre le risque. Face à un agresseur, le plus sûr est de lui exploser le crâne.

Aucune des filles n'était encore une tueuse avérée. Celles-là étaient envoyées ailleurs, logées dans un bâtiment d'où elles n'avaient aucune chance de s'échapper. Et si l'une d'elles avait des velléités de s'évader, elle risquait d'être retrouvée étranglée ou noyée, la tête dans un seau d'eau : une mort cataloguée comme accident ou suicide. Certaines à la prison-école étaient à l'évidence candidates à la criminalité pure et dure. Sans préméditation, à la différence des tueurs à gages, mais capables de prendre la vie d'un autre si elles sortaient assez de leurs gonds. Deux filles avaient tenté de tuer leur père, beau-père ou oncle, qui les avaient agressées sexuellement. Qui pouvait les blâmer ? Une autre avait donné un coup de couteau à un professeur. Elle avait confié à Talia qu'elle était incapable de rester assise dans cette classe à écouter pontifier une minute de plus cette *perra*[1] arrogante. Enfin, comme disaient les filles, *pas facile de tuer avec un couteau*, et l'enseignante s'en était tirée sans dommage. La fille, elle, avait été condamnée à un an dans la montagne.

Le motard ne demanda pas son nom à Talia. Dès le début, il l'appela *niña*. Il lui dit que son prénom était Andrés, mais que tout le monde l'appelait Aguja[2].

1. Chienne.
2. Aiguille.

Elle examina ses bras et son cou en quête de traces de piqûres pour voir si c'était pour cela qu'il avait un surnom aussi moche, mais ils étaient intacts.

Il pencha la tête en arrière pour savoir jusqu'où elle voulait aller. Il pouvait la déposer à la prochaine station-service ou la conduire un peu plus loin.

— Roule, dit-elle.

— Tu vas où ?

— À Bogotá.

— Je ne peux pas aller jusque-là, mais je peux t'emmener jusqu'à Barbosa.

Ils furent bientôt immergés dans le vrombissement et l'urgence de la route. Si elle n'avait pas ébouillanté Horacio, elle serait au lycée, une journée ordinaire. Elle était bonne élève, mais à la prison-école, les cours étaient d'un niveau inférieur et elle était passée maître dans l'art de paraître intéressée tout en glissant dans une transe où elle imaginait son existence une fois sortie du pays. Elle se voyait dans une école américaine. Parlant anglais. Profitant de la vie avec sa mère, son frère et sa sœur. Elle n'avait dit à aucune de ses codétenues de la montagne qu'un billet pour les États-Unis l'attendait. Elles étaient copines, mais certaines étaient si enragées qu'elles auraient saboté son départ par pur dépit. *Ne fais confiance à personne.* C'est ce que son père lui disait toujours. *Ne fais confiance qu'à ta famille, si tu en as une qui en soit digne.*

Elle ne se rappelait pas grand-chose de sa petite enfance. Ses souvenirs ne commençaient à se clarifier qu'à partir de quatre ou cinq ans, lorsque son père vint plus souvent chez Perla, demandant à la voir. Un homme grand et maigre au visage triste, comme ceux qu'elle trouvait endormis sur le pas de la porte le matin avant d'ouvrir la *lavandería*. Mauro portait toujours les mêmes vêtements et avait en général l'air d'un homme qui vient de se réveiller. De longs cheveux sales. Une peau basanée, desséchée par les vents des hauts plateaux. Il n'était pourtant pas dépourvu d'une certaine grâce. Elle n'avait pas encore appris à être critique ou à juger les autres. Elle voyait son père comme un astre rayonnant, pressentant déjà à son âge ce que sa mère avait pu lui trouver quand elle l'aimait, avant de le laisser partir.

Elle se souvient du jour où il était arrivé avec des vêtements neufs, des yeux vifs vous regardant bien en face, et non plus deux billes vagabondes roulant autour de la pièce comme avant. Perla l'avait fait entrer dans le salon et ils étaient restés là tous les trois comme s'ils venaient d'être présentés. Ce jour-là, c'était le septième anniversaire de Talia, et il en fit un grand jour. Il lui assura que sept était un chiffre magique et que cette année déterminerait son destin.

Perla lui rétorqua de ne pas remplir la tête de sa petite-fille de bêtises. Lorsque Mauro commença à passer du temps avec Talia, elle fut très contrariée qu'il partage avec sa fille des histoires sur l'origine du monde tirées du Savoir Ancestral, qui contredisaient les versions de Perla, héritées de la colonisation. Il racontait que les premiers hommes n'avaient pas été créés par Dieu sous la forme d'Adam et Ève, qu'ils n'étaient pas des singes ayant appris à se tenir debout, mais des descendants de la lune, qui avait mis la terre dans son vagin et donné naissance à un fils et une fille. Et même avant les premiers humains, les ténèbres avaient précédé la lumière, et les premiers êtres façonnés par Chiminigagua, le Créateur, étaient deux oiseaux noirs qui soufflaient le vent par leur bec, et de ce vent était issu le souffle de vie qui illuminait le monde.

Et du lac Iguaque était sortie Bachué, la grande mère, tenant par la main un petit garçon qu'elle prit pour mari une fois qu'il eut grandi, donnant naissance à ses enfants et semant fils et filles comme une poussière d'étoiles partout où ils allaient. C'est ainsi que le monde avait été peuplé, disait Mauro. Bachué et son mari éduquèrent leurs descendants, leur apprirent les lois de l'humanité et les cérémonies qui devaient guider leur vie et les aider à perpétuer leur mémoire. Une fois vieux, ils retournèrent au lac de saphir, se transformèrent en serpents et disparurent dans ses eaux.

Mauro aimait ces histoires, elles donnaient une explication à son existence, lui rappelaient qu'une autre terre, meilleure, à la logique divine, se cachait sous l'enveloppe de cette prétendue *tierra de Colón* ; ainsi, il ne foulait pas le sol en aveugle comme il en avait souvent l'impression, et la Création offrait des indices rendant les chemins plus faciles à identifier, aussi simples que le chant du merle annonçant l'arrivée de la pluie ou le sifflement du moineau andin, signe que les nuages vont bientôt se déchirer. Et c'étaient ces histoires que sa mère avait entendues de la bouche de ses parents avant de quitter leur terre ancestrale de Guachata pour trouver du travail à la ville, et c'était le seul héritage qu'elle lui avait transmis avant de le jeter à la rue.

Talia avait vu un jour un film où une grand-mère défunte revenait hanter les membres de sa famille. Elle passait chaque nuit, se mettait à côté de leur lit et leur donnait des conseils sur la façon de continuer sans elle dans le monde des vivants. Quand Perla commença à perdre la mémoire et fut incapable de contrôler sa respiration sans l'aide de tubes en plastique insérés dans son nez, Talia pensa qu'elle n'avait pas à s'inquiéter, sa grand-mère reviendrait la voir de l'au-delà après avoir été enterrée.

À l'époque, Mauro vivait avec elles depuis quelques années. Talia savait qu'elle serait en sécurité avec lui. Mais le visage de Perla lui manquerait, ainsi que sa voix, sa façon de parler d'Elena et de Talia comme s'il s'agissait presque de la même personne, si bien que Talia se sentait reliée à sa mère, même sans avoir de souvenir de son contact ou de ses bras autour d'elle.

Après la mort de sa grand-mère, Talia avait eu beau veiller et chuchoter son nom jusqu'à ce qu'elle sombre dans le sommeil, Perla n'était jamais revenue la voir. Une messe avait été célébrée pour elle à l'église et Talia avait gardé une place libre à côté d'elle sur le banc. Elle mettait une assiette pour Perla à chaque repas et faisait le ménage dans sa chambre comme si elle pouvait franchir la porte à tout moment. Elle récitait les psaumes favoris de Perla, chantait les chansons qu'elle lui avait apprises et, comme sa grand-mère ne venait pas, Talia s'asseyait devant le grand crucifix suspendu dans l'entrée, levait les yeux vers le fils de Dieu – avec ses yeux de verre et ses vrais cheveux humains – et touchait les cinq plaies comme le faisait toujours Perla avant de quitter la maison.

Mauro avait dit à Talia que leurs ancêtres muiscas croyaient que quand l'âme quitte le corps lors de la mort, elle commence un long périple à travers des gorges et des vallées à la terre noire et dorée, et franchit de larges fleuves pour atteindre enfin le royaume des morts au centre de la terre et y commencer une nouvelle existence immortelle, pas si différente de la vie mortelle à la surface.

Talia en conclut que sa grand-mère était encore en transit parmi les foules de morts récents et que, si la circulation dans le monde souterrain ressemblait à celle de Bogotá, il lui faudrait longtemps pour arriver. Dès que Perla s'arrêterait pour se reposer, elle aurait le temps d'aller rendre visite à sa famille.

Comme ils n'avaient pas assez d'argent pour acheter une concession au cimetière, il y eut une crémation. Mauro envoya les cendres à Elena dans un colis qui resta en souffrance pendant trois mois avant d'arriver. Pendant tout ce temps, Talia imagina les cendres de sa grand-mère en train de parcourir le monde, de voler au-dessus des océans, des jungles et des déserts, et d'observer des choses qu'on ne voit qu'à la télévision, tout ce monde extérieur au *barrio* que Perla n'avait pratiquement jamais quitté.

Talia n'avait aucune idée de ce qu'avait fait sa mère de ces cendres. Elle aurait voulu en prendre une poignée pour elle-même, mais Mauro avait dit que ce n'était pas bien de morceler les restes de Perla et qu'elle appartenait à Elena plus qu'à eux deux. Talia estimait que c'était une erreur de l'avoir expédiée hors de Colombie, un pays que sa grand-mère avait juré de ne jamais quitter, même si les gringos lui accordaient un visa, même si sa fille et ses petits-enfants faisaient leur vie ailleurs. Maintenant, ce qui restait d'elle était déjà dans le New Jersey, et Talia était la dernière de la lignée à vivre encore dans les Andes.

Dans la prison-école, il y avait une fille qui se prétendait en communication avec les esprits et qui affirmait jeter des sorts et parler aux morts. Si une fille lui donnait sa part du dîner, elle pouvait concocter un *hechizo*[1] ou convoquer n'importe quel ancêtre à la demande. À force de manger le riz et les patates des autres, elle était grasse. Ce que la plupart des filles voulaient, c'était se venger de ceux qui leur avaient fait du tort – des parents, des rivales, du juge qui les avait condamnées. Un soir, Talia donna à la fille sa part entière de porc – dur comme du plastique, mais elle mangeait n'importe quoi. Plus tard au dortoir, Talia avait demandé à la fille de lui appeler Perla pour qu'elle vienne lui parler. La fille ferma les yeux, débita des mots sans suite et affirma à Talia que sa grand-mère lui apparaîtrait pendant la nuit dans ses rêves.

Il ne se passa rien. Quand Talia se plaignit le lendemain matin, la fille jura que sa grand-mère lui était bel et bien apparue, seulement qu'elle ne s'en souvenait pas.

1. Sortilège.

— Le souvenir de sa visite te reviendra dans quelque temps. Sois patiente.

Si elles avaient été dans le monde extérieur, Talia l'aurait sans doute giflée. Mais comme elles étaient déjà enfermées, tout ce qu'elle pouvait faire, c'était attendre.

Dans les toilettes d'un restaurant près d'Oiba, Talia prit de l'argent dans ses sous-vêtements. En sortant, elle se dirigea vers le comptoir et acheta deux sodas et des empanadas. Elle trouva Aguja dans le parking en train d'astiquer le guidon de sa moto et lui en donna un de chaque.

Il but directement à la canette et le liquide teignit sa lèvre supérieure en orange.

— Tu m'as promis que quand je t'aurais sortie de Barichara, tu me dirais pourquoi tu étais tellement pressée.

— J'ai un avion à prendre.

— Pour aller où ?

— Aux États-Unis.

— Pourquoi ?

— Ma mère y vit avec mon frère et ma sœur. Ils m'attendent.

— Tu n'as pas peur ?

— De quoi ?

— Là-bas, il y a des gens qui entrent dans les écoles et les bâtiments avec des armes et tuent tout le monde. Pas des guérilleros ni des paramilitaires ; non, juste des gens ordinaires. Qu'est-ce que tu feras le jour où tu seras dans un magasin et où un gringo te pointera une mitraillette sur le front ?

— Je ne pense pas que ce soit pire qu'ici. Seulement différent.

— Tu as un père ?

— Oui. À Bogotá.

— Il en pense quoi, de ton départ pour là-haut ?

— Il a toujours su que je partirais. Je suis américaine.

— Tu mens.

— Je suis née là-bas. Ma mère m'a envoyée ici quand j'étais bébé.

— Ah, tu fais partie de ceux-là ! Renvoyée comme un paquet DHL.

— Tu es jaloux. J'ai le moyen de sortir d'ici, moi. Comme tous *ceux-là*.

Il avala les dernières gouttes du soda et, d'un coup de pied à la canette vide, l'expédia sur le carré de gazon. Talia se baissa pour la ramasser et la mit dans la poubelle avec la sienne.

— Qui c'est, le gars que tu as volé ?

— Un pervers.

— Il t'a agressée ?

— Il a essayé.

— Qu'est-ce que tu faisais à Barichara ?

— Je visitais mon pays avant de le quitter. Et toi, tu vas au lycée ? demanda-t-elle, lasse de ses questions.

— J'ai arrêté depuis des années. Je fais des petits boulots. Des livraisons quand on me le demande. Je bossais dans un garage, mais un jour j'en ai eu marre et je n'y suis pas retourné.

— Tu habites chez qui ?

— Les parents de ma copine. J'étais devant chez eux quand tu m'as trouvé.

— J'en ai, de la chance !

— Ne commence pas à me draguer. Je t'ai dit que j'avais une copine. Tu es une gamine, et moi, je ne suis pas un pervers comme l'autre.

— Qui parle de drague ? Je dis seulement que je suis contente que tu m'aies sortie de cet endroit.

Il enfourcha sa moto et fit glisser ses hanches vers l'avant pour lui laisser de la place. Elle s'installa derrière lui, lui passa les mains autour de la taille pour les croiser sur son nombril.

— Ne t'attache pas, *niña*. Encore un petit bout de chemin, et tu vis ta vie.

10

Quand la police vint annoncer à Mauro que sa fille avait brutalement agressé un homme et qu'elle avait failli le rendre aveugle à vie, il fut persuadé qu'elle avait agi en légitime défense. Jamais elle n'avait posé de problèmes à la maison ni à l'école, et elle avait été bien élevée, contrairement à lui. Pourtant ce n'était pas de la légitime défense. Malgré tout, il restait certain qu'elle avait ses raisons et qu'elles devaient être justes et fondées.

Dans les réunions de désintoxication, on entendait beaucoup parler de l'emprise du diable. On disait qu'il envoyait des démons inférieurs corrompre les humains de façon banale jusqu'au jour où ils étaient pris au piège d'une citadelle de délits. Certains toxicos dans la salle affirmaient qu'ils se sentaient possédés quand ils se défonçaient, et un type raconta que quand il était au plus bas et se vendait pour de la came, il s'était trouvé face au diable sous la forme d'un client qui s'était mis à rire quand il s'était agenouillé devant lui, et qui lui avait dit : « Regarde ce que je t'ai fait faire. »

Certains témoignages étaient à peine croyables, même si dans leur pays tout semblait possible. Quand ils étaient démobilisés et réintégrés, de nombreux ex-guérilleros ou paramilitaires présentaient des symptômes traduisant une angoisse et une fébrilité révélatrices, comme s'ils pouvaient exploser à tout moment. Ils ne le disaient jamais explicitement, mais on pouvait le déduire de leurs récits où ils évoquaient des bizutages à la limite de la torture, ou l'obligation de transporter des armes ou d'inspecter des champs de mines : une vie de discipline avec des camarades qui remplaçaient leur famille. La drogue et l'alcool n'intervenaient que quand ils réintégraient la société, où on les évitait et où leur aptitude au combat n'avait plus d'utilité. Dans leur ancienne vie, certains avaient pu avoir des ennemis – et souvent, ils étaient encore poursuivis pour régler de vieux comptes –, mais aux réunions, ils respectaient la promesse tacite de s'entraider pour garder l'anonymat et rester sobres.

L'antidote au déshonneur, même pour les athées du groupe, était l'humilité associée à la prière. Mauro suivait ces instructions car elles l'avaient aidé à rester sobre depuis près d'une décennie. Mais un jour où l'un des toxicos s'était mis à parler du diable comme d'un marionnettiste de génie, Mauro s'était souvenu de celui où Perla l'avait averti, juste au moment où elle lui laissait franchir le seuil – ce qu'il avait tenté en vain pendant des années –, de ne pas apporter d'énergies maléfiques, car elle avait déjà pris la peine de faire débarrasser la maison des mauvais esprits. Elle ne craignait pas qu'ils s'en prennent à elle, à son âge avancé. C'était pour protéger sa petite-fille, disait-elle.

Quand Perla tomba malade et que Mauro emménagea avec elle et Talia, elle commença à lui parler pour la première fois comme à son fils. Un soir où ils sirotaient des *tintos*[1] à la table de la cuisine, Mauro lui demanda si elle avait été sérieuse à propos de l'exorcisme ou si c'était juste une histoire pour faire pression sur lui. Perla avait du mal à respirer, mais elle refusait souvent son oxygène. Pas devant Talia, car elle savait que ça la contrariait. Le soir, lorsque sa petite-fille était allée se coucher et que Mauro restait à bavarder, elle détachait les tubes de son nez et écartait la bonbonne à roulettes.

— Dire que j'ai passé ma vie à cette altitude et que maintenant, l'air est trop rare pour moi, s'exclamait-elle. Ce qui vous donne la vie finit par vous la reprendre.

Mauro questionna Perla jusqu'à ce qu'elle admette que quelques années auparavant, des incidents inexplicables avaient commencé à se produire dans la maison. Pendant les heures les plus lumineuses de l'après-midi, les pièces du haut, en général les plus tempérées, devenaient une vraie glacière. L'eau pour la *lavandería* arrivait en caillots fangeux. Elle avait cru que cela venait de la vétusté de la plomberie et des vents, froids pour la saison, qui soufflaient de la cordillère, mais par la suite, les objets se mirent à tomber des murs : tableaux, photographies – alors qu'aucun séisme n'avait été signalé. Elle avait trouvé sur le seuil de sa porte un panier empli de vieux rasoirs rouillés et Talia, qui commençait à peine à faire des phrases, avait dit à

1. Vin rouge.

sa grand-mère qu'elle avait vu des silhouettes dans sa chambre et qu'elle les avait senties se percher au bord de son lit après qu'on l'avait bordée pour la nuit. Perla appela une religieuse qu'elle connaissait depuis l'enfance et cette femme lui assura que le panier de rasoirs était un signe indubitable de maléfice.

Puis Talia eut une fièvre persistante. Perla, elle, se mit à vomir pendant des jours. Un soir de pluie, elle fit le tour de la maison en courant pour s'assurer que toutes les fenêtres étaient bien fermées, et elle vit l'immense crucifix qu'elle avait hérité d'une tante et accroché au mur de l'entrée trembler et s'écraser au sol. La tête du Christ, brisée au niveau du cou, roula jusqu'aux pieds de Perla.

Mauro se mit à rire et dit que cela ressemblait à une scène de film d'horreur gringo. Le genre de film qu'Elena et lui regardaient parfois aux États-Unis quand ils avaient une télévision. Elena se couvrait les yeux avec la manche de chemise de Mauro pendant qu'il lui faisait remarquer les côtés ridicules du film. « Maintenant, je comprends pourquoi ta fille est si facilement épouvantée. » Mais il savait qu'avec cette histoire, Perla lui signifiait que s'il devait rester chez elle avec Talia après sa disparition, il fallait qu'il comprenne comment elle avait pris soin de la maison et de sa petite-fille. Dans ce cas, cela impliquerait une sorte d'exorcisme, même si Perla soutenait qu'on ne devait pas utiliser ce mot et plutôt parler de *despojo*[1] majeur, car la personne qui avait effectué la purification ne faisait pas partie du clergé. Elle n'était autre

1. Purification, dépossession.

que l'ancienne *bruja*[1] d'Antioquia, autrefois conseillère d'hommes politiques et jeteuse de sorts, qui avait fait gagner des élections et des concours de beauté avant d'être exorcisée elle-même et de se mettre au service de Dieu et des justes.

Les détails, selon Perla, ne devaient pas sortir du cercle des personnes ayant assisté à l'événement. Elle pouvait seulement dire à Mauro que comme Talia dormait à l'étage du haut, elle avait regardé l'ex-*bruja* circuler dans le salon, déchaînant une violente bourrasque qui avait fait trembler le sol et envahi toute la maison en tourbillonnant comme une tornade et giflant les visages jusqu'à ce qu'elle demande à Perla d'ouvrir la fenêtre ; alors un courant d'air virevoltant les avait bousculées avant de s'évacuer dans le ciel nocturne.

Le lendemain matin, la fièvre de Talia était retombée. L'enfant était calme et s'était pelotonnée contre sa grand-mère comme elle ne l'avait encore jamais fait. Perla était restée vigilante. Les esprits des ténèbres avaient quitté sa maison, mais elle se demandait pourquoi ils en avaient pris possession au départ : était-ce seulement l'effet de la malveillance d'un tiers, comme cela s'était manifesté dans le panier de rasoirs, ou simplement l'effet de la malchance, comme les péchés d'un ancêtre dont ils devaient se repentir ?

Perla commença à suffoquer. Elle n'avait plus l'habitude de parler autant le soir. Mauro l'aida à reprendre de l'oxygène et ils restèrent assis en silence encore un moment avant qu'elle ne regagne sa

1. Sorcière.

chambre. Il n'avoua jamais à Perla que certains jours, il se demandait s'il n'était pas la source de la malchance de sa famille. Après tout, c'était lui qui avait fait quitter son foyer à Elena en l'emmenant dans ce pays neuf et étranger où il l'avait laissée. Peut-être avait-il rapporté les ténèbres avec lui en revenant à Bogotá ? À moins que ce ne soit la petite Talia quand elle avait été renvoyée en Colombie.

Une femme de l'école de Santander appela.

— Un incident s'est produit, commença-t-elle.

Aussitôt, Mauro imagina le pire. Il savait qu'il y avait dans l'établissement des filles beaucoup plus endurcies que Talia.

— Plusieurs de nos pensionnaires ont maîtrisé l'une des gardiennes et ont réussi à s'enfuir. La police fouille le secteur, mais jusqu'à présent, nous n'avons retrouvé que quatre des douze fugitives. Votre fille n'est pas parmi celles-ci.

Elle demanda à Mauro s'il avait une idée de l'endroit où elle pourrait se trouver. Il lui assura que non. Avant de raccrocher, la femme le prévint que s'il avait des nouvelles de Talia, il était légalement tenu d'en informer la police et de la livrer pour qu'elle purge sa peine, qui serait probablement alourdie à cause de cette évasion, sans compter les inculpations supplémentaires éventuelles, car les filles retrouvées avaient dit que c'était Talia qui avait concocté le plan initial et que c'était elle qui avait neutralisé la gardienne de nuit pour leur permettre de s'échapper. Il ne put s'empêcher d'être fier de l'autorité et de l'ingéniosité de Talia, mais il acquiesça, bien sûr, si sa fille se présentait, il appellerait aussitôt les autorités.

Son interlocutrice dut se douter qu'il mentait – quel genre de parent livrerait son enfant à la police ? – car elle poursuivit :

— Si vous ne le faites pas, je vous avertis que vous pourrez être traduit en justice.

Ce soir-là, l'évasion fut annoncée à la télévision, un fragment de moins d'une minute, car il y avait des informations plus pressantes dans la capitale, tels ces hommes cagoulés qui avaient bloqué la circulation pendant des heures pour protester contre le désarmement des guérilleros en vue de l'accord de paix. Le reporter parlait sur un fond de vues aériennes de l'école de Talia et des terrains avoisinants. Mauro imagina sa fille en train de courir, courir comme elle n'avait jamais pu le faire dans les rues engorgées de Bogotá. Il récita une prière pour sa sécurité et resta toute la nuit à surveiller le téléphone dans l'attente d'un appel d'elle.

Ce fut Elena qui appela. Pendant le mois qui s'était écoulé depuis que Talia avait été envoyée là-bas, elle avait téléphoné souvent et il lui avait raconté différents mensonges pour tenir la promesse faite à Talia de protéger sa mère et de la garder dans l'ignorance de son acte. Elena lui dit qu'elle avait appelé directement Talia, mais que son téléphone était éteint. Mauro ne pouvait pas expliquer que le portable était dans un des tiroirs de la cuisine car elle avait eu l'interdiction de l'emmener dans la prison-école.

— Tu sais, la réception est mauvaise par ici, déclara Mauro, et il mit le téléphone à charger pour qu'au moins la prochaine fois, Elena l'entende sonner et puisse laisser des messages. Seulement voilà : elle réessaierait de joindre Mauro et lui demanderait pourquoi Talia l'évitait. Il mentirait encore, lui disant qu'elle était avec des amis et essayait de passer le plus de temps possible avec eux avant de partir pour les États-Unis.

— Ne t'en fais pas, je lui dirai de te rappeler.

Il ne pouvait s'empêcher de se réjouir que la frustration d'Elena, incapable de joindre Talia, leur ait donné l'occasion de se parler plus souvent lors des dernières semaines qu'ils ne l'avaient fait depuis des années. Il entendait sa voix et s'imaginait qu'elle n'était qu'à quelques pâtés de maisons et appelait pour qu'ils se fixent un rendez-vous sur l'un des bancs du parc où ils avaient l'habitude de se retrouver adolescents, chacun trop fasciné par le visage de l'autre et son contact pour remarquer les prémices de la pluie.

— Comment vas-tu, Elena, demanda-t-il un jour où il avait couvert l'absence de Talia. Parle-moi de Karina et de Nando.

— Karina est une excellente élève. Nando réussit moins bien, lui, mais c'est un très gentil garçon. Ils m'aident tous les deux avec Lance.

— Lance ? Qui est-ce ?

— Le petit garçon que je garde.

Comment avait-il pu oublier le nom de cet enfant ? Il entendit Elena soupirer et comprit qu'il l'avait déçue, une fois de plus. Quand ils parlaient, il sentait qu'elle attendait que leur dialogue en finisse. Il aurait presque souhaité l'entendre pleurer, juste pour savoir qu'elle éprouvait plus de sentiments qu'elle n'en manifestait. La dernière fois qu'il avait entendu sa voix mouillée de larmes, c'était quand il avait été renvoyé en Colombie. Le jour où, après des semaines de dérobades, il l'avait appelée et où il avait été décidé, il ne savait plus au juste comment, qu'Elena et les enfants resteraient de l'autre côté de la mer.

Il aurait aimé pouvoir dire qu'il avait trouvé l'absolution pendant les années passées dans la maison à s'occuper de Perla et de Talia, après avoir réussi à cesser de boire et juré qu'il se jetterait du toit s'il décevait de nouveau sa famille. Elena n'avait pas pu revenir voir sa mère à mesure que celle-ci perdait le souffle et la mémoire. Il savait qu'à la fin, lorsque Perla regardait Talia, elle voyait sa propre fille. Talia s'en rendait compte aussi. C'était une adolescente pleine de compassion, qui acceptait que son visage soit une fenêtre sur la vie que Perla et Elena avaient partagée avant que d'autres n'y entrent. Chaque jour où Mauro avait travaillé à la *lavandería* lorsque Perla en était devenue incapable, il pensait à Elena, espérant qu'elle verrait tout le chemin qu'il avait parcouru pour se racheter et qu'elle le jugerait digne d'être de nouveau à elle.

Il aurait aimé raconter à Talia des choses qu'elle ignorait, qu'elle était trop jeune pour se rappeler, au cas où après avoir quitté le pays elle ne reviendrait plus.

Avant de partir pour le Texas, Mauro avait emmené Elena et Karina, qui était encore un bébé, en excursion pour la journée. Elena était rarement allée plus loin qu'en périphérie de la ville. Mauro voulait lui montrer un morceau de leur histoire avant de quitter le pays pour un temps indéterminé. Depuis des années, il rêvait de se rendre au lac sacré dont lui avait parlé Tiberio à l'époque où ils creusaient des tombes, cet endroit qui, d'après les croyances des Muiscas, était le berceau de l'humanité. Comme ils n'avaient pas de voiture, ils empruntèrent un bus. Karina pleura sans discontinuer. Mauro prit la petite des bras d'Elena et la mit devant la fenêtre afin qu'elle voie les immeubles céder la place à des prairies luxuriantes semées de vaches. Les joues rosies, Karina était si chaudement emmaillotée qu'elle restait bras et jambes écartés comme une étoile. C'était Mauro qui l'avait baptisée Karina. Ni Elena ni sa fille aînée ne savaient que c'était un hommage à la mère qui ne voulait pas de lui.

Le car les laissa à Guatavita, point de départ des touristes et des randonneurs. De là, ils attaquèrent la rude montée jusqu'à la crête moussue d'où ils aperçurent le lac scintillant. Mauro avait Karina dans les bras. Il se souvenait encore du silence, différent de tous ceux qu'il avait connus jusque-là, même dans la savane. Un silence que seule troublait la conversation des oiseaux. Il faisait froid. La brume les enveloppa. Il expliqua à Elena qu'il n'y avait rien d'étonnant à ce que les Muiscas aient vénéré non seulement l'eau, mais l'insaisissable soleil qu'ils croyaient beaucoup plus malin que la lune, et digne de plus de louanges encore que le Créateur Chiminigagua.

Elena ne connaissait que les histoires d'offrandes d'or que les ancêtres faisaient au lac longtemps avant que Bolívar ne traverse les Andes. Et celles où des nations avides et prédatrices avaient, siècle après siècle, envoyé explorateurs et plongeurs aux lacs Siecha et au Guatavita dans le but de récupérer l'or, essayant même de les assécher. Elle avait vu les trésors d'El Dorado lors d'une sortie scolaire au musée de l'Or de la capitale. Un savoir saisi et transformé en ce qu'on appelle légende, et rendu si célèbre qu'on avait l'impression qu'il n'appartenait plus à la Colombie. Elena était triste que son pays ne puisse garder secrets ses objets les plus beaux, pour les protéger du reste du monde.

En réalité, si Mauro avait conduit sa famille jusqu'à ce lieu présumé sacré, c'était que d'après Tiberio les Muiscas croyaient que l'or était la réincarnation de la chaleur et du pouvoir du soleil. Quiconque le maîtrisait pouvait exercer sa propre magie.

Mauro dit à Elena qu'ils devaient tourner le dos au lac en s'imaginant tenir entre leurs mains une boule de soleil, formuler leur vœu le plus cher, se retourner vers le lac et souffler sur leurs vœux dorés afin qu'ils rejoignent l'eau en contrebas.

Son vœu : réussir à ménager une existence convenable pour sa famille dans le Nord sans avoir à retourner un jour vers ce qu'il considérait comme un pays perdu.

Il soupçonnait Elena d'avoir souhaité le contraire.

11

Elena pensa au destin que Mauro et elle auraient pu avoir s'ils n'avaient pas connu tous ces déboires. Si au lieu de se disputer avec Dante il l'avait laissé prendre ces quelques dollars en les considérant comme un supplément au loyer qui offrait un refuge à leur famille.

Cinquante dollars. Une fortune pour eux à l'époque, mais pour Mauro c'était aussi une question de principes et de fierté. D'ailleurs, l'était-ce vraiment ? Pas quand Elena songeait à ce que cela leur avait coûté. Peut-être que Dante n'avait rien pris et que Mauro avait mal compté les billets ou les avait mis ailleurs.

Dans l'une des vies alternatives qu'elle imaginait, il y avait celle où ils n'avaient jamais quitté la Colombie. Où leur désir d'horizons nouveaux ne les avait conduits que jusqu'à une autre ville. En voyant que tout n'était pas tel qu'ils l'avaient espéré, ils auraient pu revenir dans la maison de sa mère qui, Elena l'avait toujours pensé en grandissant, lui était destinée ainsi qu'à la famille qu'elle aurait un jour.

Seraient-ils restés ensemble si Mauro n'avait pas été forcé de partir ?

Aurait-il cessé de boire pour de bon et réussi à faire vivre leur famille ?

Cette famille de cinq. Et peut-être Talia n'aurait-elle pas été la dernière, mais la sœur aînée d'un autre enfant.

Ils auraient pu vivre encore quelque temps chez Yamira et Dante, jusqu'à ce que leurs deux salaires leur permettent d'économiser assez pour avoir un logement à eux. Une petite maison avec une cour où laisser jouer les enfants. Ils commençaient à former une communauté, et dans cette maisonnée d'étrangers, ils avaient trouvé une sorte de famille élargie. Mais du jour où Mauro s'était battu avec Dante, même si c'était lui que la police devait faire payer pour la bagarre, Elena et les enfants n'avaient plus été les bienvenus. Si l'ICE débarquait pour chercher Elena et se livrer à une arrestation collatérale, Dante soutenait que cela mettait en danger les autres locataires sans papiers, qui pourraient être arrêtés eux aussi. Mieux valait pour tout le monde qu'elle déménage. Yamira descendit au sous-sol et dit à Elena qu'elle avait tout essayé pour dissuader son mari, mais il était si têtu qu'il était inutile d'insister. D'autant que ce qu'il disait était juste. Elle connaissait sur la quatre-voies, dans le comté de Passaic, des maisons où les gens vivaient en communauté et où il y avait régulièrement des départs de locataires. Elle allait passer quelques coups de fil et essayer de trouver un point de chute pour Elena et les enfants.

Quelques heures plus tard, elle revint annoncer à Elena que sa sœur avait entendu parler d'une pièce disponible à Sandy Hill. Ils devraient la partager avec une autre famille en attendant que se libère une pièce qu'ils pourraient occuper seuls. Ce ne serait pas si mal, expliqua Yamira. Dante et elle avaient vécu dans ce genre de maison à leur arrivée dans le New Jersey après avoir quitté l'Arizona. Il y aurait de quoi manger et des gens pour garder les enfants en attendant que Mauro soit libéré. Ils trouveraient mieux ensuite.

Talia était toujours la petite fille silencieuse qui observait sa mère comme si elle comprenait tout. Le soir, une fois Nando et Karina endormis, Elena lui donnait le sein et lui chuchotait ses craintes. Elle avait cessé d'écrire des lettres à sa mère, mais elle lui parlait au téléphone deux fois par mois. Elle s'abstint de lui raconter qu'elle était seule et partageait une pièce avec un Moldave et sa femme péruvienne ainsi que leur bébé, une petite fille sourde de naissance. Les deux familles dormaient sur des matelas de chaque côté d'une cave étroite, dans le seul espace libre laissé par les chauffe-eau et les fils électriques, avec pour toute séparation un rideau de draps foncés. On entendait tout, mais au moins ce tissu suggérait un minimum d'intimité, même si la légère brise engendrée par les mouvements révélait que l'homme dormait nu, avec l'enfant entre sa mère et le mur.

Une nuit d'été, alors qu'ils étaient tous au lit, le Moldave avait écarté le rideau du matelas sur lequel il couchait avec sa famille et avait regardé fixement

Elena pendant que sa femme et sa fille étaient face au mur. Les enfants d'Elena dormaient. Mais elle, qui somnolait à peine, remarqua que l'homme remuait, gémissait et se levait souvent pour arpenter la cave. Il l'observait. Elena se demanda pourquoi jusqu'au moment où il glissa sa main libre sous la couverture, et elle décela les mouvements de la masturbation. Elle s'enfouit sous les draps et se retourna vers le mur, faisant un rempart de son corps à ses enfants. Même lorsqu'il poussa des gémissements à côté de sa femme et de sa fille, Elena ne lui cria pas son indignation devant tant d'obscénité car elle se disait, si stupide que cela pût sembler, qu'elle ne voulait pas être source d'ennuis pour une autre famille.

Chacune des nuits suivantes, elle veilla à bien remonter les couvertures sur elle et à se tourner vers le mur ; mais elle percevait encore parfois les halètements étouffés de l'homme. Une nuit où sa femme se réveilla et lui demanda ce qui se passait, Elena l'entendit répondre : « Tu rêves. Rendors-toi. »

Les cauchemars d'Elena revinrent. Ils avaient commencé lorsqu'elle avait six ans, puis s'étaient effacés de sa conscience quand elle avait rencontré Mauro. Depuis l'éruption du volcan Nevado del Ruiz, elle avait eu des visions de sa rue et de sa maison inondées de boue et de cendres, comme cela s'était passé à Armero et dans les villages environnants, malgré les assurances des scientifiques selon lesquels rien de semblable ne pouvait se produire sur la ligne de fracture de Bogotá. La tragédie avait eu lieu une semaine seulement après l'attaque du palais de Justice par le M-19, qui avait fait plus d'une centaine de morts et de disparus. Elena se souvenait des images aux informations, de cette coulée de boue qui avait tué des milliers et des milliers de personnes, transformant le paysage en océan de cadavres et de membres arrachés.

Les secouristes avaient vu une main sortant des débris et découvert une enfant prisonnière jusqu'au cou d'une boue liquide. Des plongeurs virent qu'elle avait les jambes coincées sous le toit de la maison, et prises dans l'étau des mains crispées de sa tante morte. Des survivants veillèrent en attendant que les sauveteurs tentent de l'extraire de la boue en train de durcir sans l'amputer de sa moitié inférieure. La fille, Omayra Sánchez, parla aux journalistes qui la filmaient tandis que l'eau brunâtre s'infiltrait dans sa bouche et que ses yeux s'assombrissaient chaque jour davantage ; elle demandait aux gens de prier pour elle, et disait à sa mère et à son frère par caméras de télévision interposées qu'elle les aimait. Elle gardait espoir, alors même que tout le pays la voyait mourir en direct.

Dans ses rêves, Elena essayait elle aussi de tirer Omayra pour la mettre en sécurité, mais la petite fille était lourde et s'enfonçait encore davantage dans la boue, répétant à Elena de la lâcher. Dans d'autres rêves, Elena devenait Omayra, sentait le poids de sa tante aux mains crispées, son corps qui se déchirait à mesure que la moitié inférieure s'enfonçait dans ce qui était auparavant sa maison, et que les sauveteurs tentaient de libérer ses bras et son torse. Pourtant elle savait qu'elle ne survivrait pas sans la partie d'elle-même restée en bas.

Les gens blâmèrent le gouvernement d'avoir laissé cette enfant mourir, juste comme il avait laissé les habitants d'Armero aux prises avec la lave qui les avait asphyxiés, au lieu de les avertir du danger assez tôt pour qu'ils s'enfuient. On disait que les militaires avaient mis trop de temps pour arriver avec l'équipement médical requis et qu'on avait pris la décision de laisser Omayra s'enfoncer dans la boue plutôt que d'apporter le nécessaire à l'amputation de ses jambes. D'autres soutenaient que c'était mission impossible. Qu'elle n'aurait jamais survécu de toute façon. Beaucoup dirent qu'Omayra était un ange ou une prophétesse envoyée pour nous rappeler que nous oublions nos devoirs envers notre pays et notre prochain. Qu'il y avait eu des signes annonciateurs, mais que l'on n'avait pas voulu les voir. Le soir précédant l'éruption, la lune avait été entourée d'un halo rouge comme une plaie ouverte : un avertissement divin, d'après certains, une alerte de la Création annonçant un séisme imminent. D'autres ne voulaient rien savoir, affirmant que l'embrasement de la lune n'était dû qu'à la pollution et que c'étaient les émanations urbaines qui avaient coloré le ciel.

Dans ses rêves actuels, Elena n'était plus la fille qui essayait d'en sauver une autre, ni la petite mourante elle-même, mais un oiseau ou un nuage observant la scène de haut, les villes submergées, les citoyens déchiquetés dont les morceaux flottaient sur une coulée de carbone. Parents et enfants s'appelaient désespérément, pour la plupart condamnés à ne plus se retrouver, certains des petits rescapés étant adoptés par des familles étrangères dans d'autres pays et recevant un nouveau nom, une nouvelle langue. La ceinture volcanique andine, impitoyable et incontrôlable. Elena voyait tout cela depuis le firmament.

12

Mauro avait le droit de recevoir des visites, mais seulement de personnes « en situation de séjour régulière ». Elena ne put même pas venir lui donner un sac de vêtements à emporter le jour de son expulsion, de peur que les agents de l'immigration ne s'aperçoivent qu'elle était sans papiers et ne l'incarcèrent elle aussi, laissant les enfants orphelins à la charge des États-Unis.

Pendant les mois de détention de Mauro, ils se téléphonèrent quelquefois. La voix de Mauro changea, devint haletante et enrouée comme s'il avait passé la nuit à hurler. Quand Elena lui demandait comment il était traité, il l'assurait que les conditions n'étaient pas trop épouvantables. Il côtoyait des médecins, des avocats ou des ingénieurs dans leur pays, d'autres qui étaient venus en Amérique du Nord et y avaient construit des autoroutes, des routes et des écoles. Plusieurs étaient détenus depuis un an déjà et espéraient qu'on leur accorderait un « départ volontaire » au lieu de les marquer du sceau de l'expulsion. S'ils l'obtenaient, ils pourraient demander à revenir sans devoir attendre cinq ou dix ans comme Mauro à cause de ses arrestations.

Certains des gardiens portoricains parlaient espagnol aux détenus et leur transmettaient des nouvelles du monde extérieur, comme celle de la panne géante du mois d'août, qui avait privé d'électricité tout le nord-est du pays, paralysant la circulation et les aéroports. Le centre de détention, lui, était équipé d'un générateur, si bien qu'ils n'eurent qu'une seule coupure de courant et quelques moments où la lumière vacillait, bref répit à l'éternelle fluorescence qui régnait à l'intérieur des murs.

Elena passa le jour de la panne sur une chaise pliante, installée sur le trottoir avec les autres mères du voisinage pendant que les enfants tournoyaient dans le jet d'eau d'une bouche d'incendie ouverte. Les hommes avaient déjà retiré la viande des congélateurs et la faisaient griller sur des braises à l'arrière des maisons. À la nuit tombée, le courant était rétabli, mais les résidents de la maison firent comme s'ils étaient en vacances, mirent de la musique et dansèrent dans la cour sans herbe. Elena resta assise avec ses enfants, à regarder la scène, se réjouissant en silence du récent déménagement du Moldave et de sa famille.

Pendant les années où Mauro et elle avaient envisagé de rester dans le pays malgré le risque de se faire prendre et d'être renvoyés chez eux, ils n'avaient songé qu'à leur vie nomade de ville en ville, mais pas à un entre-deux fracturé. Jamais ils n'avaient imaginé que leur famille pût être coupée en deux comme par une hache.

Elena savait que Mauro souhaitait une vie aux États-Unis pour sa famille, mais jamais ils n'avaient parlé de la possibilité que cette vie-là se poursuive sans lui. Un jour, au téléphone, malgré la friture sur la ligne du centre de détention, il avait dit à Elena : « Tu devrais rester. Peu importe ce qui m'arrive ou ce que je dis plus tard. Reste. » Elle fit comme si elle n'avait pas entendu et orienta la conversation sur les enfants qui grandissaient très vite. Karina parlait, faisait des phrases longues et compliquées, inventait des histoires pour Nando, qu'elle racontait lorsqu'ils étaient assis à la fenêtre et regardaient la rue. Elle expliquait à son *hermanito* que les passants étaient des êtres magiques, qui montaient au ciel la nuit, dansaient parmi les étoiles et rebondissaient sur la lune comme sur un *trampolino*. Nando écoutait, fasciné, et Elena était reconnaissante à Karina, qui n'avait pas encore quatre ans, de savoir amuser son frère, lui laissant ainsi le temps de s'occuper du bébé.

Elena attendit la réaction de Mauro mais, comme cela s'était déjà produit plusieurs fois sans préavis, la communication fut coupée.

Une nuit, Elena rêva qu'ils se retrouvaient sur le toit de Perla. Elle s'y tenait avec Mauro et ses trois enfants sous le ciel plombé ; et des nuages diaphanes frôlaient les crêtes de la montagne dont le sommet était couronné par la meringue de l'église de Monserrate. Dans son rêve, ils n'avaient jamais quitté leur pays. L'Amérique du Nord restait un endroit lointain et inconnu. Debout, Mauro longeait le bord du toit comme il le faisait quand ils étaient jeunes, puis il prenait la petite Talia dans ses bras. Elena lui disait de la lui rendre, mais il refusait et brandissait l'enfant vers le ciel malgré les cris d'Elena qui avait peur qu'il ne la laisse tomber. Le lendemain matin, elle appela le centre de détention et demanda à parler à Mauro. La femme à l'autre bout du fil lui dit qu'il était déjà dans l'avion de retour.

Elena n'était pas assez égoïste pour penser que son chagrin était unique. La maison de Sandy Hill abritait plusieurs femmes seules – dont le mari ou le fiancé vivait dans un autre pays ou était retenu par le système. Il y avait dans le voisinage de nombreuses familles au statut mixte. On entendait parfois parler de raids des services de l'immigration dans le secteur – rafles sur le trottoir ou coups de filet sur les aires de jeux et pendant les fêtes organisées dans les cours. Les gens évitaient donc de s'absenter de chez eux plusieurs semaines d'affilée. Partant du principe qu'enlever un père était le meilleur moyen de démanteler une famille, les agents ciblaient plus souvent les hommes que les femmes.

Elena discutait avec deux autres Colombiennes, Carla et Norma. Elles s'asseyaient à la table de la cuisine tandis que les enfants jouaient sur le sol du salon et que la petite Talia était couchée sur un tapis de jeu à côté d'elles trois. Les semaines qui avaient suivi le départ de Mauro, Elena réussit à travailler quelques jours, aidant les autres femmes dans leurs ménages ou à la boulangerie de Market Street. Il n'était pas difficile de trouver quelqu'un pour surveiller Karina et

Nando, mais même Toya, la Dominicaine qui tenait une petite garderie dans son appartement, demandait que les enfants qu'on lui confiait soient propres. Carla et Norma, qui avaient chacune trois enfants, dirent à Elena qu'il n'y avait qu'une seule solution : envoyer Talia chez sa grand-mère.

— La petite est américaine, insista Carla. Tu pourras la faire revenir plus tard quand tu seras mieux installée. Si tu la gardes avec toi maintenant, tu n'arriveras jamais à retomber sur tes pieds.

Rentrer au pays était impensable pour ces femmes. Quand Elena évoqua la possibilité de regagner la Colombie avec ses enfants et de rejoindre leur père et leur grand-mère, Norma l'avertit :

— L'occasion de rester ici ne se présentera pas deux fois. Toutes les femmes qui sont reparties pour que la famille soit réunie le regrettent. Tu es déjà ici. Tes enfants aussi. Mieux vaut investir dans cette nouvelle vie, parce que si tu retournes à l'ancienne, tes enfants risquent de ne jamais te le pardonner plus tard.

Qu'avait donc ce pays-ci pour que tout le monde soit l'otage des fantasmes qu'il engendrait ? Le mois précédent, sur son propre sol, un Américain s'était rendu à son travail dans une usine et avait tué par balles quatorze de ses collègues ; et au seul printemps précédent, il y avait eu quatre fusillades dans des écoles. Une nation en guerre avec elle-même, dont on parlait pourtant comme si c'était une sorte de paradis.

Certains jours d'automne, dans le Nord, Elena fermait les yeux et s'imaginait le ciel cristallin au-dessus de Bogotá, d'un bleu qui n'existait qu'à cette altitude, le nuage de l'après-midi cascadant sur la montagne tandis que la lumière du crépuscule nimbait la ville d'or. Elle n'était toujours pas réconciliée avec l'inertie des plaines américaines, avec ce sentiment d'être en permanence en train de sombrer.

Elle aurait été heureuse de rester toute sa vie dans son pays. Les Colombiens avaient une gaieté propre, un optimisme, même à travers les larmes, mais jamais cette constante interrogation sur le bonheur qu'elle observait dans le Nord, cette façon qu'avaient les gens de se demander en permanence s'ils étaient satisfaits, comme si c'était leur préoccupation première dans la vie. C'était quoi, le bonheur ? Pas un épanouissement personnel égoïste, elle en était sûre : cela, c'était plutôt la recette pour le contraire. La joie naissait de l'amour qu'on éprouvait pour les autres, du soin qu'on prenait d'eux. Carla et Norma le comprenaient bien elles aussi. Pour elles, le bonheur était un pari sur un avenir meilleur, cette esquisse floue d'une vie rêvée qui justifierait tous les sacrifices, toutes les nuits solitaires. Pour elles, il était hors de question de revenir à leur vie d'avant.

C'était Mauro qui avait eu l'idée de partir. Elena n'avait fait que suivre.

Curieusement, au bout du compte, c'était lui qui était rentré et elle qui était restée.

Mauro appela Elena de chez Perla. Il y habitait depuis qu'il avait été rapatrié. Mais Perla disait qu'il passait la plupart de ses journées à boire et ne quittait la chambre qu'il partageait autrefois avec Elena et Karina que pour sortir racheter de l'alcool. Elena s'attendait à ce qu'il lui demande de rentrer. La supplie. Elle guetta ses prières, mais elles ne vinrent jamais. Au lieu de cela, il pleurait.

— Je n'ai pas été à la hauteur. Ni pour toi, ni pour notre famille.

Avec une liaison téléphonique aussi aléatoire, il n'était pas difficile de garder le silence. Des voix en écho et des sons désynchronisés faisaient régulièrement voler la conversation en éclats. Elena ne savait pas s'il voulait qu'elle le rassure et lui pardonne, ou lui annonce qu'elle avait réservé un vol de retour à Bogotá pour toute la famille. Quelque chose en elle se durcit. Elle n'était plus sûre de vouloir rentrer. Elle s'imaginait Mauro dans la maison tel que Perla le lui décrivait – fantôme de l'homme qu'il était – et se demandait si elle pouvait faire mieux pour ses enfants dans le Nord en attendant de décider de la suite, et de voir s'il y avait un moyen de se retrouver.

Elle se rappellerait ces mois-là pendant des années, essayant de comprendre comment elle en était venue à cette décision. Était-ce le fruit d'une lente négociation, d'un éclair de discernement ou d'un caprice ? Était-ce le résultat de la pression des autres femmes de la maison de Sandy Hill, qui, à cause de l'isolement engendré par la maternité, étaient devenues comme des sœurs pour elle, ou du moins des sœurs telles qu'elle se les imaginait dans ses fantasmes ? Elle se souvenait de la façon dont le mal du pays, qui l'avait torturée pendant ses premières années aux États-Unis, s'était atténué et l'avait endurcie contre l'idée de rentrer. Suivit une accumulation de jours qui servit de passerelle entre une vie dans un pays et une seconde vie dans un autre. Ce dont Elena ne se rendit pas compte, c'est que la passerelle s'était désagrégée derrière elle.

Elle se demande encore maintenant si quelque part dans la mémoire de Talia est inscrit le souvenir caché du jour où sa mère l'a laissée partir.

L'aéroport de Newark, un matin de crachin. Le bébé devait voyager avec Gema, qu'Elena avait connue à la boulangerie de Market Street et qui, pour deux cents dollars et munie d'une lettre d'autorisation parentale, avait accepté de prendre le bébé sur ses genoux pendant le vol vers Bogotá et de le remettre à Perla dès l'atterrissage avant d'aller voir ses propres parents.

Elena avait préparé un sac avec des vêtements, des couches et de la nourriture pour bébé. Elle avait cessé d'allaiter en prévision de ce jour. Depuis que Mauro avait été rapatrié, elle avait craint que le stress ne lui fasse passer son lait. Cela ne s'était jamais produit. Elle avait trouvé un banc près de la fenêtre et s'y était installée seule avec son bébé, lui chuchotant à l'oreille qu'elle était son amour et son cœur, qu'elles se séparaient pour l'instant, mais que les cieux les réuniraient bientôt. Elle avait pris le ton qu'elle utilisait chaque jour pour apaiser le bébé et retenir son regard sur le sien. Ce jour-là, elle eut l'impression que la petite comprenait chaque mot, car Elena s'était forcée à dire la vérité, et le bébé avait pleuré comme elle ne l'avait jamais fait jusque-là, criant si fort que les passants avaient tourné la tête pour la regarder et qu'Elena s'était mise à pleurer elle aussi.

Depuis, elle avait douté chaque jour de sa décision, se répétant que jamais elle n'aurait dû envoyer le bébé loin d'elle, même si Perla et Mauro estimaient tous deux que c'était la solution la plus sage. Cette séparation était le prix à payer pour pouvoir travailler et nourrir le reste de la famille. Elle n'était pas assez sotte pour croire que les souvenirs que sa fille avait gardés des moments où elle était bébé dans ses bras suffiraient à la consoler pendant des années. Elle savait que Talia avait ressenti la perte aussi fortement qu'elle sinon plus.

Certains jours, Elena se réveillait en faisant comme si c'était le matin à Bogotá et que toute la famille allait se retrouver dans la cuisine de la maison de Chapinero pour prendre le petit-déjeuner avant d'entamer la journée. Ou encore, elle se réveillait en imaginant Talia assise devant la télévision avec son frère et sa sœur. À ceux qui supposaient qu'elle n'avait que deux enfants, car ils n'en voyaient que deux, elle précisait toujours qu'elle en avait trois. Sa cadette, disait-elle, allait bientôt revenir. Alors, elle aurait à nouveau tous ses petits près d'elle, même s'ils n'étaient plus des bébés, mais presque des adultes. Et elle se demandait si c'était mal de prier comme elle le faisait chaque soir pour que ses propres enfants ne lui infligent jamais ce qu'elle avait infligé à Perla et ne partent pas loin d'elle.

13

Quand il vivait dans la savane, Mauro avait entendu Tiberio lui dire que dans le Chocó[1], d'après le Savoir Ancestral, la première race d'humains avait été supprimée par les dieux à cause de son cannibalisme. Une seconde génération s'était transformée en animaux, ceux qui peuplaient la terre aujourd'hui. La troisième race d'humains avait été créée à nouveau par les dieux à partir de l'argile. Nous ne sommes qu'un mélange d'eau et de terre, séché et cuit au soleil, avait dit Tiberio. Comment s'étonner que nous soyons si fragiles et destinés à nous casser ?

Lors de ses réunions de groupe AA, Mauro évoquait cette période comme ses *années perdues.* Elles avaient commencé le jour où la police l'avait conduit jusqu'à l'avion dans l'obscurité du petit matin. Il avait regardé les fleuves de New York et son quadrillage

1. Limitrophe du Panamá, le Chocó est une région côtière située entre les Andes à l'est, l'océan Pacifique à l'ouest et l'Atlantique au nord-ouest. Avant l'arrivée des conquistadors au XVIe siècle, il était peuplé par des tribus indigènes qui ont été largement décimées.

de lumières s'estomper en contrebas. Il s'était souvenu des chandelles aux flammes blanches et dansantes que sa mère mettait aux fenêtres pendant les fêtes *navideñas*[1], le seul moment de l'année où elle ne semblait pas le mépriser.

Lorsqu'il se retrouva dans ses montagnes et sortit de l'aéroport d'El Dorado en homme libre pour la première fois depuis des mois, il vit le ciel pris dans un étau de nuages et se dit que la première personne qu'il devait chercher à voir était son vieil ami Jairo, l'être le plus proche du frère qu'il n'avait jamais eu, à ses postes habituels dans les rues près de l'hôtel Tequendama. Ne le trouvant pas, il retourna à Ciudad Bolívar, mais la famille de Jairo avait déménagé et les nouveaux occupants ignoraient où. Mauro se rendit alors dans l'un de leurs anciens lieux de rencontre sur la colline, où un groupe de jeunes le repéra alors qu'il montait à travers le bidonville ; ils l'entourèrent, pointant leurs armes sur lui.

Mauro leva les mains et leur dit qu'il était venu chercher Jairo le braqueur. Les jeunes reculèrent et baissèrent le canon de leurs revolvers.

— Jairo est mort depuis longtemps, dit l'un d'eux.

— Qui l'a tué ?

— La police, qui veux-tu que ce soit ?

Lorsque Mauro arriva chez Perla, il était déjà ivre, gorgé d'*aguardiente* volée, et il ne tarda pas à disparaître dans les rues avec sa honte.

Pendant ses années avec Elena, Mauro avait évolué : le garçon qui couchait dans un entrepôt glacial

1. De la période de Noël, de fin d'année.

parmi les cageots était d'abord devenu un homme qui dormait avec sa *prometida* dans un lit moelleux sous un toit, un bébé entre eux deux, puis un père de famille qui avait emmené les siens au-delà des mers vers un avenir incertain. Jamais il n'avait imaginé qu'il coucherait à nouveau dans des parcs ou sur des places, serait réveillé sans ménagement par la police, ni qu'il s'abriterait de la pluie sous des cartons et se ferait chasser des ruelles et allées.

Toutes les trois ou quatre semaines, il retournait frapper à la porte de Perla. Elle le nourrissait. Lui donnait un coin où se reposer et s'abriter de la pluie, ou de l'argent pour qu'il puisse aller dans l'un de ces endroits d'El Centro qui louaient des couchettes pour la nuit. Perla lui laissait voir le bébé et le tenir contre lui à condition de se laver plusieurs fois les mains et de se curer les ongles. Elle parvenait parfois à le convaincre de s'agenouiller avec elle pour qu'ils prient ensemble devant le Christ de l'entrée en lui demandant sa miséricorde. Mauro suppliait Perla de ne rien dire à Elena de l'état où il se trouvait, ni de lui révéler qu'il avait détruit leur vie ensemble et qu'il continuait à le faire.

Était-ce la maladie ou la culpabilité qui le poussait à rester dans la rue, où il dormait parfois en face de chez Perla ? De ce bout de trottoir, il surveillait la porte fermée, sachant que sa fille y était à l'abri et qu'il n'était pas seul dans ce pays où il était revenu. Il était devenu méconnaissable, même à ses propres yeux quand il voyait son reflet dans les devantures, invisible à ceux qui le croisaient sur les trottoirs en détournant les yeux et en s'écartant pour éviter le contact de ses vêtements crasseux. Il avait maigri à force de passer ses journées à déambuler sans but précis, en quête d'un endroit où s'asseoir ou se reposer, cherchant de la nourriture dans les poubelles et sollicitant la charité des vendeurs des rues qui lui offraient parfois un repas. Il revoyait Elena, tétanisée par les hivers froids du Nord. Eux deux en train de grelotter, se réchauffant l'un l'autre, serrant leurs enfants dans leurs bras. Comme il sentait plus vivement le froid, maintenant qu'il n'avait plus que du tissu et sa propre peau pour lui tenir chaud tandis que le vent lui poignardait les articulations et lui zébrait le visage.

Alors que le bébé grandissait, Mauro resta dans les parages. C'étaient des années où Elena et lui se parlaient rarement. Elle devait se demander s'il était mort ou s'il avait trouvé une autre femme. Mais il était assez près de chez Perla pour voir chaque matin le bébé, niché dans sa poussette, quitter la maison avant que sa grand-mère n'ouvre la *lavandería*, et revenir chaque soir après la fermeture. Perla poussait le landau avec de telles précautions pour éviter les bosses dans le bitume qu'elle ne remarquait pas Mauro recroquevillé sur le sol, entouré d'une couverture, maculé de suie.

Un jour, l'enfant sortit de la maison en marchant, guidée par sa grand-mère et vêtue d'un manteau rose ; des boucles noires sortaient de sa capuche et elle était chaussée de bottines plus petites que le poing de Mauro. Il aurait voulu héler Perla, lui dire que le clochard devant lequel elles étaient passées, c'était lui ; mais il y avait si longtemps qu'il n'avait pas parlé ni entendu le son de sa propre voix qu'il ne trouvait plus ses mots.

Il savait que Talia ne méritait pas un père tel que lui. Minable. Cabossé, presque difforme, réduit à l'état de bête. Il songea à aller au Salto de Tequendama pour sauter dans la chute d'eau comme les Muiscas qui, ayant perdu tout espoir d'être sauvés par Bochica, avaient choisi le suicide pour échapper à l'esclavage colonial. Pourtant, la vue de sa fille qui poussait chaque jour sous la garde de sa grand-mère l'en empêcha.

Puis, un jour, une femme trouva Mauro dans la rue et l'invita dans un refuge où, dit-elle, on aidait les gens comme lui. Il lui précisa bien qu'il était père de famille, et non un oiseau solitaire qui évoluait dans le monde comme un fantôme. Encore que…

— Vous vous êtes perdu, déclara-t-elle comme si c'était tout simple. Nous pouvons vous aider à retrouver votre chemin.

Elle s'appelait Ximena. Sortie de l'université depuis quelques années, elle devait se faire tuer par un chauffard ivre peu après leur rencontre.

Mauro décida que si une chose pouvait le faire cesser de boire, c'était cette mort brutale. Mais avant que Ximena ne soit séparée de son corps, avant que Mauro n'arrive au moment où il devait vraiment lâcher prise, il se retrouva face à elle dans une salle de conférences vide, au siège de son organisation au sud de la ville : une pièce nue qui lui rappela le centre de détention du New Jersey où il avait rencontré les avocats commis d'office qui s'étaient avérés totalement inefficaces.

— Que ressentez-vous quand vous buvez ? lui demanda-t-elle.

— J'ai l'impression qu'elle est avec moi. Je sens son amour.

— Vous parlez d'Elena ?

À ce stade, Ximena connaissait tous les prénoms qui comptaient pour lui, la façon dont Elena et lui avaient quitté leur pays, assez naïfs pour croire qu'ils ne seraient jamais séparés. Et elle savait qu'il observait son bébé comme un voleur d'enfant.

— Non, de Karina.

— Votre aînée ?

— Ma mère.

Dans le refuge, il eut l'impression d'être un cadavre parmi les cadavres. Une peau de lézard. Mort comme du bois sec. On lui donna un lit. Un endroit où se doucher. Des vêtements propres. Des chaussures neuves. Des potions pour le débarrasser de ses vers. Il se souvient de ses premières semaines sans le baume de l'alcool, les os rigides comme du fer. Lorsqu'il se sentit prêt, il alla au marché de Paloquemao afin de redemander son ancien travail. Mais Eliseo n'était plus là et il n'y avait aucune disponibilité. Le directeur de l'entrepôt lui donna un balai et lui dit de commencer par nettoyer le sol en attendant qu'un autre travail se libère. De nouveau, il dormit sur des palettes en bois et se lava avec le tuyau dont on se servait pour rincer le sol, comme il le faisait à l'époque où il avait rencontré Elena. Cela valait mieux que le refuge où il était parmi des hommes qui parlaient tout seuls et s'agressaient parfois dans le noir.

Il commença à aller voir Perla le soir quand il savait que Talia dormait. Perla lui donnait des nouvelles d'Elena – elle avait trouvé un appartement convenable pour les enfants et elle, et un travail dans un restaurant italien. Mauro fut jaloux. Il s'imagina les hommes en train de tomber amoureux d'elle. C'était inévitable : elle était si belle, tendre et gentille. Au Texas, elle avait évoqué l'idée d'épouser un autre homme pour obtenir ses papiers. L'idée rendait encore Mauro malade. Lui absent, cette solution était encore plus tentante. Mauro avait peur qu'Elena ne le remplace, et que Karina et Nando n'appellent bientôt un autre homme « papa ».

14

Elena avait trouvé un travail qui consistait à nettoyer les toilettes d'un restaurant dans une ville non loin de la sienne. Le patron était jeune et parlait un espagnol appris en faisant du surf au Nicaragua. Il était aimable, à ceci près qu'il ne paya pas Elena le premier mois, disant que c'était habituel de travailler gratuitement pendant la « période d'essai ». Elle demanda aux employés de la cuisine si c'était vrai, mais ils ne voulurent pas répondre. Un mois sans rentrées d'argent l'obligea à contracter des dettes auprès de beaucoup de monde. Grâce au prêt de Carla, elle put payer le loyer de son sous-sol dans la maison de Sandy Hill, et Lety, qui préparait les repas pour les résidents se partageant les frais d'épicerie, laissa Elena et les enfants manger à crédit.

Ce soir-là : un froid qui changeait l'haleine en fumée blanche, des devantures festonnées de givre, la ville décorée pour les fêtes. Le restaurant fermé au public pour une réception privée. À la fin de son service, lorsqu'Elena eut donné son dernier coup de chiffon, rangé ses seaux dans la réserve et pris ses affaires dans son casier, elle entendit le patron l'appeler dans son bureau. Elle serra son manteau et son sac sur son ventre et suivit sa voix. Avant qu'elle ait eu le temps de demander si quelque chose n'allait pas, il avait fermé la porte derrière elle, franchi l'espace qui les séparait et fourré sa langue dans sa bouche. Elle sentit le goût de l'alcool, recula, mais il lui arracha le manteau et le sac des mains et la plaqua contre le mur. Il parlait en anglais, si bien qu'elle ne comprenait pas ; il releva son chemisier et tira sur son soutien-gorge dont la bretelle s'enfonça dans son épaule tandis que ses seins s'échappaient. Il pinça et mordit alors qu'elle le repoussait, et lui rabattit sa blouse sur la tête, la cassa en deux sur le bureau, baissa son pantalon jusqu'aux genoux et l'embrocha par-derrière. Elena. Menue comme un oiseau, disait Mauro, et qui avait mis au monde trois enfants, projetée dans un abîme de douleur bien au-delà de la chair.

Une série de grognements jusqu'au spasme final. Elle est encore incapable de dire combien cela dura. Quelques minutes, peut-être, mais elle était déjà perdue, séparée de son âme, cherchant les fragments de celle qu'elle était encore quelques minutes auparavant. Quand il se retira, elle sentit qu'il lui couvrait le dos de son manteau. Elle rajusta ses dessous distendus, remonta son pantalon. Et réussit à demander pourquoi.

Évitant son regard, il répondit :

— Je ne sais pas. D'habitude, je ne suis pas attiré par les mères de famille.

Elle marcha jusqu'à l'arrêt de bus. Son cuir chevelu la brûlait là où il lui avait tiré les cheveux et elle se déhancha pour s'installer sur son siège, car la position assise lui était trop douloureuse, et elle pleura dans sa manche. Le matin suivant, quand elle alla récupérer ses enfants chez Toya, elle lui raconta le plus simplement possible ce qui s'était passé. Toya était aux États-Unis depuis bien plus longtemps qu'elle et Elena espérait qu'elle aurait des conseils avisés à lui donner. Elle entendit sa propre voix comme si c'était celle d'une autre. Toya alla jusqu'à sa cuisinière, alluma le brûleur sous la bouilloire et s'appuya au plan de travail.

— *Amiga*, je suis désolée de te dire que des trucs comme ça arrivent tout le temps. Tâche d'oublier.

— Et qu'est-ce que je fais à propos du patron ?

— Rien. Tu ne peux pas le dénoncer. La police ne te croira pas. On pourrait te demander tes papiers et t'arrêter parce que tu ne les as pas. On te renverra chez toi et on séparera les enfants, Nando est né ici, mais pas Karina. Retourne travailler. Touche ta paie et mets-toi à porter une alliance. Évite de te retrouver seule avec lui. Et s'il essaie encore, rappelle-toi que ça sera vite fini.

Si elle avait parlé à quelqu'un d'autre que Toya, Elena aurait peut-être agi différemment, mais elle lui faisait confiance pour garder ses enfants, et elle lui fit confiance aussi en matière de conseil. Elle décida de ne plus jamais évoquer ce qui s'était passé. Ni à Mauro, ni à Perla, ni à personne. Et elle alluma un cierge chaque soir devant l'image pieuse de la Virgen de Chiquinquirá que sa mère lui avait donnée avant qu'elle ne parte aux États-Unis. Elle pria éperdument pour ne pas se retrouver enceinte, et pleura quand elle vit enfin ses règles.

Ce fut le premier Noël de Talia, et le premier d'Elena sans Mauro depuis leur rencontre. Le restaurant donnait des primes pour les fêtes. Elena put acheter des jouets à Nando et Karina. Elle envoya le reste de l'argent à Perla afin qu'elle achète quelque chose pour le bébé et en garde un peu pour Mauro quand il viendrait la voir.

Ses appels à Perla se firent plus courts. Elle avait du mal à mentir à sa mère et à lui dire que tout allait bien alors que ce n'était pas vrai. Normalement, Perla approchait le bébé de l'appareil avant de raccrocher, mais Elena avait peur de transmettre son chagrin à l'enfant, comme s'il pouvait s'attraper simplement par l'oreille. Elle avait l'impression d'être une menteuse, complice de l'homme qui avait abusé d'elle parce qu'elle le protégeait par son silence. Maintenant, elle comprenait pourquoi il l'avait choisie.

Elena et les enfants fêtèrent Nochebuena avec les autres habitants de la maison de Sandy Hill qui s'étaient tous cotisés pour acheter un arbre de Noël, l'avaient décoré de guirlandes et d'ornements faits maison, et avaient préparé un repas de fête à eux tous. Ils venaient de finir leur repas lorsque le téléphone d'Elena sonna. Elle entendit la voix lointaine de Mauro. C'était son premier appel depuis des mois.

— On dirait que c'est la grande fête chez toi.

Elena mourait d'envie de lui avouer que, malgré les accords de guitare et les *villancicos*[1] qu'il

1. Chants de Noël.

On cherchait quelqu'un pour se charger de la maintenance et des réparations dans le bâtiment.

Mauro apparut à la porte de Perla en uniforme neuf, lui dit qu'il avait décroché un bon travail et était prêt maintenant à revenir vivre dans la maison, qu'il avait de quoi payer plus que sa part et pourrait aider à la *lavandería* avant et après ses heures de travail. Il voyait que Perla avait du mal à se débrouiller. Moins de clients et d'autres, prétendument fidèles, qui ne payaient jamais leurs ardoises au long cours. La santé de Perla chancelait : respiration laborieuse, quintes de toux qui lui faisaient cracher du sang. Elle refusait pourtant de voir un médecin. Ne voulant pas lui manquer de respect, Mauro n'insista pas.

Mauro et Elena se parlaient toutes les trois ou quatre semaines, surtout parce qu'elle appelait Perla et que c'était lui qui répondait parfois au téléphone. Les conversations étaient largement factuelles. Il lui décrivait l'activité de la *lavandería*, lui apprenait ce que Perla cachait, par exemple qu'ils avaient déménagé son lit dans la pièce derrière la cuisine, au rez-de-chaussée, car les escaliers étaient trop fatigants pour elle. Que sa mémoire se fragmentait et qu'elle perdait ses mots et les noms des gens ; qu'elle parlait de Karina et de Nando en les appelant *la fille* et *le garçon*, et qu'un jour où il lui avait demandé de dire leurs prénoms, elle en avait été incapable.

Mauro précisa à Elena que Perla retrouvait la mémoire en présence de Talia. Elle connaissait le moindre détail de la vie de sa petite-fille, par exemple la façon dont elle aimait que chaque repas soit préparé, jusqu'à la dose de telle ou telle épice. Perla se levait pour habiller Talia pour l'école et la regardait quitter la maison avec Mauro, qui la déposait en partant travailler. Pour Talia, sa grand-mère n'était pas un coucher de soleil qui s'estompait, mais une flamme étincelante. Aussi Elena accepta-t-elle de retarder le moment où sa fille la rejoindrait aux États-Unis, sachant comme Mauro que Perla ne survivrait pas longtemps sans sa petite-fille.

Pendant les années où Mauro s'éloignait de plus en plus de la vie qu'il avait eue avec Elena, Karina et Nando, il s'enracina davantage dans celle qu'il partageait avec Talia. Il entendait la résistance de ses deux aînés quand Elena les forçait à venir lui parler au téléphone. Des réponses monosyllabiques. Ils ne l'appelaient plus Papi ou Papá, mais Dad ou rien du tout. Il ne pouvait nier que Talia lui était spécialement chère car c'était celle qu'il voyait grandir.

Quand elle eut sept ans, Mauro l'emmena au lac. C'était la première fois que Perla le laissait quitter le quartier avec l'enfant sans surveillance. Ils prirent l'autobus pour sortir de la ville et Mauro porta sa fille sur son dos pendant l'ascension de la montagne.

Il lui parla de Bochica, le dieu de la sagesse chez les Muiscas, qui enseignait la morale et les lois à son peuple, et de Chibchacum son rival, qui punit le monde avec le très ancien *diluvio*, un déluge universel qui submergea toute vie jusqu'à ce que Bochica, avec son bâton, force les rayons du soleil à traverser les nuages de pluie ; alors les eaux laissèrent des flaques, se partagèrent et devinrent des lacs et des vallées fertiles, repoussant jusque dans la ceinture des montagnes le surplus d'eau, qui forma les chutes de Tequendama. Mauro raconta à Talia la façon dont Bochica condamna Chibchacum à porter le monde sur son dos, et chaque fois qu'ils sentaient la terre trembler, c'était juste Chibchacum qui bougeait pour déplacer le poids de son fardeau.

Lorsqu'ils arrivèrent au sommet et eurent à leurs pieds la vallée, Talia demanda pourquoi ils ne pouvaient pas aller se baigner dans le lac. Mauro répondit que le Guatavita était sacré. Qu'ils étaient venus en pèlerinage, comme il l'avait déjà fait avec sa mère et sa sœur afin de formuler des vœux pour leur vie future dans le Nord. Il lui répéta ce que Tiberio lui avait dit jadis : quand le monde était neuf, les créatures qui le dominaient étaient le jaguar, le serpent et le condor. Parmi les serpents, l'anaconda, le plus énorme de tous, nageait dans les eaux de la jungle au milieu de poissons aux queues aussi longues que des arcs-en-ciel, des crabes et des tortues aussi gros que des voitures, des crocodiles quatre fois plus grands que ces nains qui vivent dans les eaux de l'Amazone ou de l'Orénoque. Parmi les prédateurs, le roi boa était le plus habile à tuer n'importe quelle proie en l'étouffant. Le pouvoir du boa était son silence : des yeux qui voyaient tout, une façon de se mouvoir si gracieuse et subtile qu'aucun autre animal ne se sentait observé ou chassé. Le serpent n'avait pas besoin de se prouver redoutable. Il savait que le pouvoir venait de la patience.

Mauro parla à Talia du serpent qui vivait au fond du lac. Certains disaient que c'était Bachué, mère des Muiscas. D'autres soutenaient que le serpent était le diable.

Du lac nous sommes venus, au lac nous retournerons. Nous sommes tous des migrants sur cette terre. Mauro répéta les paroles de Tiberio, bien que les yeux de Talia fussent rivés sur le ciel où les oiseaux décrivaient des cercles au-dessus d'eux.

Il y avait une histoire de Guatavita que Mauro ne raconta jamais à Elena ni à ses filles lorsqu'il les emmena voir le lac. Une histoire qu'il aurait préféré ne jamais entendre, mais comme il la tenait de sa mère, il ne pourrait l'oublier.

Le territoire entourant le lac avait jadis été la propriété d'un puissant cacique qui avait épousé une princesse d'une autre tribu avec laquelle il avait eu une fille. Mais le cacique s'enivrait souvent avec de la chicha et allait participer à des bacchanales ; en son absence, sa femme était tombée amoureuse d'un jeune guerrier. Les amants furent surpris, le cacique fit torturer le guerrier, lui préleva le cœur et l'offrit à sa femme en témoignage de sa propre inflexibilité, et de son infidélité à elle. La princesse s'enfuit et se jeta dans le lac avec sa fille dans les bras. Le cacique envoya ses grands-prêtres à leur recherche. Ils revinrent bientôt et lui apprirent que sa femme vivait désormais dans le royaume des eaux et était l'épouse d'un énorme serpent. Le cacique exigea qu'on lui rendît sa fille. Le serpent renvoya une enfant qui avait bien changé, car elle n'avait plus d'yeux, si bien que ne pouvant pas voir son père, elle eut un mouvement de recul quand il voulut la prendre dans ses bras. Alors ce fut finalement le cacique qui céda : il laissa sa fille bien-aimée vivre dans le lac avec sa mère et le serpent jusqu'à la fin des temps.

16

Avant qu'ils ne partent pour le Texas, les gens avaient averti Elena que dans le Nord, tout le monde grossit. Des produits chimiques remplacent les ingrédients naturels, si bien que le pain n'est plus du pain lorsqu'on le consomme. La viande est issue d'animaux engraissés aux hormones, qui fournissent un produit mutant, coloré et charnu mais sans goût. Là-haut, les aliments frais coûtent cher, et ceux à bas prix ne sont que du poison au goût alléchant, emballé et vendu comme repas. Pourtant, chaque fois qu'elle avait accouché aux États-Unis, son corps avait repris sa forme initiale. Ce fut après le départ de Mauro que le corps d'Elena changea, alors qu'elle marchait davantage, mangeait moins, et avait dû transporter les enfants et toutes leurs affaires à chaque déménagement. Elle était plus robuste, même si elle ne s'était jamais sentie aussi fatiguée et informe. Les téléphones portables permettaient désormais de voir la personne à qui on s'adressait, mais Elena tenait la caméra près de son visage pour cacher à Mauro ses nouveaux bourrelets.

Elle se souvenait de la première fois où le regard de Mauro était apparu sur ce petit écran. Pendant des années, elle avait imaginé le moment où ils se retrouveraient, et il était là, dans sa main, la mine décharnée, le front large et carré. Les cheveux longs où elle aimait tant enfouir son visage avaient disparu. Elle voyait bien qu'il l'observait en détail lui aussi. Chez elle, les nouvelles rides suivaient le tracé des anciens sourires, du gris jaillissait de ses tempes.

— Tu es toujours aussi belle, Elena.

— Je sais bien que non. Tu n'es pas obligé de mentir.

Le silence s'installa jusqu'à ce que Talia prenne le téléphone des mains de son père et demande à Elena d'envoyer de l'argent pour acheter un cartable neuf.

— Celui que tu as est très bien, dit Mauro.

Talia protesta brièvement tandis qu'Elena observait l'échange sur son téléphone, spectatrice d'une intimité qu'elle ne partageait plus ni avec l'un ni avec l'autre.

Peut-être que ces changements physiques n'avaient rien à voir avec son corps, mais avec ce que le patron du restaurant lui avait fait. Le seul homme qu'elle eût connu en dehors de Mauro. Leur séparation était involontaire, mais le temps et les frontières avaient fait plus encore pour les éloigner qu'un divorce ou un veuvage.

Elle lui était restée fidèle. Sinon avec son corps, du moins avec son esprit et son cœur, toujours proches de Mauro même au fil des années où il était perdu dans l'alcool et se cachait dans les rues de la ville, malgré les contacts sporadiques et les conversations guindées, le silence qui, de son côté à elle du moins, recelait la peur que cette situation ne soit définitive.

Elle faisait beaucoup de cauchemars, mais quand ses rêves étaient optimistes, il était seul à les habiter, elle se voyait vieillir avec lui, leurs enfants en sécurité, avec des familles à leur tour. Dans ses rêves, ils étaient toujours de retour en Colombie, jamais dans le Nord, et attendaient patiemment que la mort vienne les prendre dans leur propre pays.

Elle travailla au restaurant encore quelques mois. Des jours de zombie et de nausée opiniâtre, où Elena comprit que rien de ce qu'elle disait ou voulait ne comptait. Elle garda pour elle ce qui lui était arrivé, même lorsqu'elle apprenait que telle ou telle femme du voisinage avait subi la même chose. Jamais elles ne compatissaient, préférant garder toute leur énergie pour continuer à s'occuper de leurs enfants et à survivre.

Cela remonte peut-être à la première fois qu'elle avait gagné de l'argent aux États-Unis en dehors de ce que rapportait Mauro, et avait pu en envoyer à sa mère : une fierté, une satisfaction telles qu'elle n'en avait encore jamais éprouvé. Être capable de donner à l'être qui lui avait tout donné. Pouvoir rendre plus douce la vie de Perla. Un sentiment qui apportait sens et lumière à chaque jour sombre survenu avant ou après.

Un jour de printemps où la lune était visible le matin, au lieu d'aller à pied de l'arrêt du bus jusqu'au restaurant pour prendre son service comme tous les jours, Elena tourna et traversa la grande avenue en direction de plus petites rues bordées de maisons avec des allées où étaient garées des voitures coûteuses, et elle se mit à frapper aux portes. Elle s'exprima le plus correctement possible : « *Je peux faire le ménage chez vous. La première fois, vous me payez ce que vous voulez.* »

Bientôt, elle eut quelques clients réguliers. Elle s'efforça de faire preuve de discernement. Yamira lui avait appris à choisir avec prudence les gens chez qui elle allait faire des ménages. Comme dans n'importe quel autre travail, on pouvait se faire agresser par un employeur ou travailler pendant des semaines sans être payée.

Certaines maisons étaient plus grandes que d'autres. Dans l'une, la femme de ménage habituelle venait d'être renvoyée. Dans une autre, la maîtresse de maison lui expliqua que son mari exigeait qu'elle fasse elle-même le ménage, mais qu'elle l'emploierait si elle promettait de ne rien dire à personne et de partir avant que le mari ne rentre du travail. Ailleurs, la patronne faisait porter à Elena des surchaussures. Ailleurs encore, les chaussures étaient bannies. Un client insistait pour qu'Elena nettoie tout à l'eau de Javel, ce qui lui donnait des vertiges tels qu'elle était souvent obligée de s'étendre à même le sol dans la salle de bains, la joue contre le carrelage, jusqu'à ce que sa vision redevienne claire. Certaines nuits, elle toussait dans son sommeil. Mains calleuses, bouts des doigts irrités. Dos douloureux et ampoules aux pieds après ses trajets d'une maison à l'autre et jusqu'à l'arrêt où elle prenait le bus, puis de celui où elle descendait jusque chez elle.

Avec l'argent de ses ménages, elle réussit à mettre de côté de quoi payer un avocat, trouvé grâce à Toya, qui devait l'aider à faire les démarches pour obtenir la carte verte. Il lui demanda une avance de cinq cents dollars seulement, à condition qu'elle paie le reste en mensualités, qu'elle réussit à mettre de côté en lavant et pliant le linge à la laverie automatique pour d'autres résidents de la maison de Sandy Hill. Mais au bout d'un an de paiements, ne voyant rien venir, Elena se rendit au bureau de l'avocat pour demander où en étaient ses démarches, et elle découvrit qu'il avait quitté le local.

Elle faisait le ménage chez une femme qui avait appris l'espagnol pendant un échange scolaire à Séville. Elle adorait pratiquer et invitait parfois Elena à s'asseoir à côté d'elle pendant qu'elle déjeunait. Elle lui parla du petit ami qu'elle avait en Espagne à qui elle pensait toujours. Elle l'avait trouvé sur internet et rêvait d'entrer en contact avec lui. Elena sentit qu'elle pouvait faire confiance à cette femme, comme l'autre lui faisait confiance. Elle lui raconta ce qui s'était passé avec l'avocat, espérant avoir des conseils puisqu'elle était l'épouse d'un avocat aussi, même si celui-ci travaillait dans une banque. Elle expliqua sa situation familiale et l'expulsion de Mauro en Colombie. C'était la première fois qu'elle parlait de sa vie à une patronne, mais cette femme lui semblait bienveillante car elle rangeait toujours sa maison avant son arrivée et s'excusait du désordre que laissait son fils derrière lui. Elle parut surprise en apprenant qu'Elena avait trois enfants, car elle n'en avait jamais parlé, notamment un fils exactement du même âge que le sien.

— Puis-je vous poser une question ? demanda la femme.

Elena crut qu'elle l'interrogerait sur la situation de Mauro. Peut-être que l'histoire de son expulsion paraissait invraisemblable.

— Pourquoi avez-vous autant d'enfants, vous autres, alors que vous n'avez pas les moyens de les élever ?

La façon dont elle dit *vous autres – gente como tú* –, avec un accent nasal et amer de gringa, rendit Elena perplexe, car elle se considérait comme une femme et une mère, tout comme sa patronne.

— Mon mari et moi vivons confortablement, poursuivit celle-ci, mais nous avons pris une décision pesée et, je pense, raisonnable en n'ayant qu'un seul enfant afin de pouvoir lui offrir un style de vie et une éducation convenables. (Elle toucha la main d'Elena.) Je comprends que des accidents puissent se produire, reprit-elle, mais n'avez-vous jamais envisagé… d'autres options ?

— Non, *señora*, jamais.

Quelques semaines plus tard, elle accusa Elena de l'avoir volée et la renvoya. L'objet manquant était un collier que son mari lui avait offert pour un anniversaire. Elena dit qu'elle ne l'avait jamais vu, la femme insista pour fouiller ses poches et son sac, tâtant la doublure comme l'eût fait un douanier. Elle ne trouva rien parce qu'Elena n'avait rien pris. Pourtant elle garda quand même son dernier salaire en guise de compensation.

Elena redoutait chaque jour qu'il ne lui arrive quelque chose avant de rentrer chez elle. Être interceptée par la police, avoir un accident. Quelque chose qui la séparerait de ses enfants. Si elle pouvait raccourcir son trajet pour aller travailler et éviter de prendre le bus, elle courrait moins de risques. Elle loua un appartement au-dessus d'un magasin de vins et liqueurs dans la ville où elle faisait ses ménages. Elle était au rez-de-chaussée et de l'autre côté du vestibule habitait un couple d'Irlandais qui avait une fille du même âge que Karina. Elle inscrivit ses enfants à l'école et paya l'Irlandaise pour qu'elle aille les chercher chaque après-midi et les garde jusqu'à ce qu'elle rentre du travail.

L'église du bout de la rue distribuait des repas gratuits et lui fournit un canapé-lit ainsi que des manteaux pour l'hiver. Les enfants n'étaient même pas baptisés, mais le prêtre ne fit aucune objection et dit à Elena de revenir au besoin. Un jour, elle se rendit à son bureau au presbytère et lui dit que le père des enfants avait été expulsé depuis longtemps et que Karina et elle n'étaient toujours pas à l'abri du même sort. Si la police venait l'arrêter, elle avait peur de ce qui arriverait à Nando. Elle avait entendu parler de parents qui avaient été expulsés alors que leurs enfants, citoyens américains, étaient restés aux États-Unis, avaient été placés dans des familles d'adoption, ou victimes de trafics d'enfants, ou encore se retrouvaient sans domicile.

Le prêtre dit à Elena que si elle se sentait menacée, elle pouvait venir trouver refuge dans l'église. Les agents de l'immigration ne pourraient pas la toucher et la famille serait en sécurité. Il lui donna son numéro personnel et lui demanda de le faire apprendre par cœur aux enfants. Mais il lui précisa aussi que le refuge n'était pas secret. Légalement, l'église devrait informer l'administration de leur présence. Ce n'était donc pas une décision à prendre à la légère, dit-il, car une fois entrés, ils ne pourraient plus sortir à moins d'un miracle. Ils se trouveraient dans un lieu ressemblant aux limbes. Un lieu sans lumière du jour ni air pur.

Karina et Nando avaient déjà appris à avoir peur de la police. Pour eux, les flics ordinaires ou les agents de l'ICE, c'était du pareil au même. Ils comprenaient qu'ils n'étaient pas aussi libres que les autres gens qui marchaient dans la rue et qu'ils pouvaient se faire contrôler à cause de leur couleur de peau. Les autres résidents de la maison de Sandy Hill avaient tout de suite averti Elena, qui avait établi un protocole pour la famille : *Quand vous voyez un policier dans la rue, arrangez-vous pour entrer dans un magasin ou tourner au premier croisement pour ne plus être visibles. Les flics ne sont pas vos amis. Même ceux qui sont aimables. Oui, il existe des gens qui aident les personnes en danger, comme on vous l'a appris à l'école*, essaya-t-elle d'expliquer à ses enfants, *mais dans ce pays, il y en a qui pensent que c'est de nous qu'ils doivent se protéger.*

17

Dans la prison sur la montagne, le personnel avait fait venir une femme qui conduisit quelques-unes des filles dans une salle où elles s'assirent par terre en tailleur sur des coussins. Cette dame, apparemment assez riche pour porter des diamants, dit aux filles qu'elle avait voyagé en Inde et en Extrême-Orient et étudié différentes techniques pour modifier son état de conscience. Une fille demanda ce que c'était censé vouloir dire. La femme répondit que n'importe, elle allait leur montrer si elles voulaient bien fermer les yeux et écouter. Prenant alors une voix douce, elle leur proposa de s'imaginer hors des murs de la prison et de laisser leur esprit les emmener dans un endroit où elles se sentaient bien. Elle suggéra une plage, décrivit l'écume blanche et les vagues léchant le rivage, le sable doux sous leurs pieds, jusqu'à ce qu'une fille lui lance que la plupart d'entre elles n'avaient jamais mis les pieds près d'un océan.

Alors elle leur demanda de se représenter en oiseaux en train de survoler leurs montagnes et leurs vallées un jour sans nuages où le moindre repli herbu, le lac indigo et le fleuve sinueux étaient clairement visibles. Au-dessous d'elles, les villes étaient des ensembles de couleurs pastel ou blanc cassé, quadrillés d'églises et de *plazas*. Des pâturages tachetés de bétail, des serres recouvertes de plastique où l'on cultivait des fruits et des roses pour l'exportation ; des cars et des bus qui ramenaient les gens de leur travail pour qu'ils rejoignent leur famille.

— Un monde actif, paisible, ajouta la femme. Vous en faites partie.

Elle dit aux filles de s'imaginer légères, presque délivrées de la pesanteur et emportées par leurs longues plumes, leurs os creux d'oiseaux.

— Et maintenant, revenez à vos vies dans le présent.

Elle réorienta leur attention vers le sol dur sous les coussins, l'inconfort et la tension dans leurs hanches et leurs genoux ; la raideur de leur dos à cause du froid qui s'infiltrait dans la vieille prison-école, les maintenant en permanence à une température où elles frissonnaient légèrement.

— Souvenez-vous de l'endroit où vous vous trouvez à présent – comme si elles avaient pu l'oublier un instant –, loin de tous ceux qui vous aiment. Pensez à ce qui vous a amenées ici pour purger votre peine. C'est cette faute et la décision qui vous y a conduites qui vous maintiennent enchaînées à ce sol toxique et vous empêchent de prendre votre envol comme vous devriez le faire.

Certaines des filles soupirèrent, lassées par cette énième stratégie visant à faire naître des regrets chez elles. Talia chercha à savoir pourquoi le personnel tenait tellement à leur faire éprouver des remords alors qu'elles étaient déjà en train de subir leur châtiment. Elle demanda à aller aux toilettes. L'adepte de la méditation la regarda d'un air déçu, mais hocha la tête.

— Moi aussi, il faut que j'aille aux WC, dit Lorena, qui était là parce qu'elle avait mis le feu à sa chambre le jour où sa mère avait refusé de la laisser aller à une fête.

Bientôt, toutes les filles invoquèrent une envie de faire pipi. Un effort collectif pour manifester le peu de pouvoir qu'elles avaient dans ces montagnes, ou juste pour rendre la journée plus intéressante. Plus tard, sœur Susana fit venir Talia dans son bureau. Elle avait entendu dire que c'était elle qui avait déclenché la révolte des WC pendant l'atelier de méditation.

— Vous voulez que je présente mes excuses pour avoir satisfait un besoin naturel ?

— J'ai relu votre dossier. Il est temps que vous écriviez une lettre d'excuses à l'homme que vous avez blessé. Je crois que ce sera un apaisement pour lui comme pour vous.

— Je n'ai pas besoin d'apaisement ni de pardon.

— Écrivez-la quand même.

— C'est lui qui a tué un animal sans défense pour s'amuser. J'ai remis les pendules à l'heure.

— Ce n'est pas à vous de décider qui mérite d'être puni.

Talia se souvint de cet échange quand elle fit prisonnière sœur Susana et lui mit un oreiller sur la tête alors que les autres filles se sauvaient. La vieille religieuse s'imaginait tout savoir.

Talia n'écrivit pas cette lettre, mais le visage d'Horacio commença à surgir plus souvent dans son esprit. Elle regardait par la fenêtre du dortoir, cherchant un moyen de s'échapper et de rentrer à Bogotá à temps pour son vol quand, brusquement, ce visage surgissait, brouillant sa vision – peau à vif, yeux fermés par l'œdème –, et elle s'efforçait de le faire sortir de sa tête, se demandant si les autres avaient raison et si elle était aussi monstrueuse que lui.

Les panneaux indiquant Barbosa devinrent de plus en plus fréquents. Aguja s'arrêta dans une station-service et, pendant qu'il faisait le plein, ils écoutèrent un couple de vieux qui, à une autre pompe, discutaient de l'accord de paix récemment ratifié par le Congrès. L'un des hommes, coiffé d'un sombrero *vueltiao*[1], le visage ratatiné comme un vieux fruit, dit que les guérilleros n'abandonneraient jamais la montagne ni leur activité criminelle et qu'ils ne savaient que se battre. Son interlocuteur, qui avait les jambes arquées, maintint que même s'il ne servait qu'à mettre fin aux massacres des dernières décennies, un traité médiocre valait mieux que pas de traité du tout. « Parler du passé, de la violence, c'est comme déterrer les morts, dit-il. Essayer de rétablir la paix est la seule façon de donner à ceux qui sont morts des funérailles convenables. »

Aguja remit l'embout du tuyau d'essence sur son support.

1. Chapeau traditionnel colombien à larges bords en canne flèche (une sorte de bambou) noire et blanche.

— Tu as entendu, *niña* ? Tu quittes notre pays quand la situation s'arrange.

— Ce n'est pas parce que je pars que je ne reviendrai pas.

— Oui, tu reviendras, mais tu ne seras plus la même.

Dans les toilettes de la station-service, elle trouva un sol recouvert d'urine et un rebord de toilettes bordé de merde. La puanteur était à soulever le cœur. À la prison, on lui faisait souvent nettoyer les toilettes. C'était censé être passé de mode d'astreindre les pensionnaires à des tâches pénibles pour les punir, mais les religieuses devaient être des nostalgiques. Si une fille était prise à jurer ou à transgresser une règle, on l'expédiait aux toilettes pour récurer le sang menstruel séché et les taches des vieilles cuvettes grisâtres. Mais cela ne dérangea jamais Talia. Elle avait l'habitude du nettoyage. Elle avait grandi dans la *lavandería* de Perla et y était restée jusqu'à ce que la boutique soit en faillite et que Mauro la loue à un toiletteur pour chiens qui lui aussi fit faillite.

Quand sa grand-mère perdit ses mots ainsi que le contrôle de son corps, oublia comment manger ainsi que tout le reste, ce fut Talia qui changea ses garnitures de culotte et lava ses vêtements quand elle les souillait. Cela ne la gênait pas. Son père disait que c'était une grâce de prendre soin d'un être qui s'était autrefois occupé de vous et que l'amour peut panser les maux pour lesquels la médecine reste impuissante.

Ensemble, ils soignèrent Perla. Talia essayait de réveiller son cerveau endormi avec des histoires qu'elle lui racontait jadis, comme celle du petit garçon que Perla connaissait enfant et qui mangeait des graines donnant naissance à des melons d'eau dans son ventre. Chaque printemps, un fermier lui ouvrait le ventre, cueillait les melons, et le refermait jusqu'à la récolte suivante. Ou celle d'Eutémia, la cousine éloignée qui se brossait tellement les cheveux que sa vanité les rendit bleus et qu'elle fut obligée de les couper ras.

L'histoire préférée de Talia était celle de Don Ismael, qui vivait sur les rives du Río Magdalena et n'avait qu'à agiter les mains en l'air pour faire tomber ou cesser la pluie afin de contrôler les crues de la rivière et les inondations. Comme Talia aurait aimé profiter de ses pouvoirs, le voir rendre la mémoire à sa grand-mère et ressusciter son corps moribond aussi facilement qu'il pouvait faire tomber l'eau du ciel !

Quand elle revint vers la moto, elle trouva Aguja qui l'attendait, les mains sur les hanches, et eut l'impression qu'il allait peut-être lui dire adieu. Il l'avait déjà conduite aussi loin qu'il l'avait proposé. Elle sortit de sa poche le portefeuille du Français et le lui tendit.

— Je me disais qu'on pouvait encore faire un bout de route ensemble. Chiquinquirá n'est qu'à cinquante kilomètres au sud. Ma mère me tuera si elle apprend que je suis passé aussi près et ne me suis pas arrêté pour allumer un cierge en son nom. Tu peux venir avec moi si tu veux. Enfin, c'est encore sur ton chemin. Je suis sûr que tu trouveras un bus pour aller à la capitale.

Il n'allait pas tarder à faire nuit. La nuit dans les montagnes n'avait rien à voir avec celle des villes, où brillaient les lumières de huit millions de vies : phares de voitures, fenêtres d'appartements et réverbères.

— J'irai avec toi, mais je ne peux pas te donner plus que ce que je t'ai déjà proposé.

— Je sais.

Il enfourcha sa moto et Talia installa à nouveau ses bras et jambes autour de lui. Lorsqu'ils retrouvèrent la route et furent réduits au silence par le bruit et les vibrations du moteur, elle posa sa joue contre l'omoplate d'Aguja et ferma les yeux pour les protéger du vent.

18

Quelqu'un recommanda Elena pour des ménages dans une ville au bord de l'Hudson. Elle devait travailler dans une grande maison à laquelle on accédait par une route forestière, puis un sentier sinueux derrière une grille de fer. Recouverte de bardeaux ivoire, elle avait des toits coniques. Bien qu'ils fussent inspirés, semblait-il, de l'architecture des châteaux, ils n'étaient pas ridicules. Les patrons, un couple marié, étaient les héritiers de plusieurs générations opulentes et avaient un fils qui paraissait détester tout le monde sauf Elena. Bientôt, le couple lui demanda de changer d'emploi et de devenir nounou. Cela se passa si bien qu'ils lui proposèrent de s'installer chez eux et aménagèrent pour ses enfants et elle la petite maison à l'arrière de leur propriété. Elle était plus grande et avait plus de chambres qu'aucun des sous-sols ou appartements où Elena avait jamais vécu avec les enfants. Habiter dans la ville de ses patrons signifiait aussi bénéficier d'un meilleur système scolaire pour Karina et Nando.

Le garçon dont elle s'occupe, Lance, a maintenant onze ans. Tous les matins, Elena l'aide à se préparer pour prendre le bus qui l'emmène dans une école pour enfants tels que lui, et elle l'attend tous les après-midi à la grille quand le bus le dépose. Il ne parle pas beaucoup, mais quand cela lui arrive, il y a beaucoup de cris et de hurlements. Il n'aime pas qu'on le touche, pas plus ses parents que les autres, mais il tient la main d'Elena.

Karina et Nando le traitent comme un frère, car il n'en a pas. Il n'a pas d'amis non plus. Il est content quand Nando marche avec lui dans la cour, ou s'assoit dans l'herbe, un carnet de croquis à la main, et lui montre comment dessiner fleurs ou oiseaux. Avec Karina, il aime observer les poissons et tortues dans le bassin et l'écoute donner des noms à chacun et imaginer une histoire de famille où toutes les espèces sont apparentées.

Les dimanches sont des jours où la famille se retrouve, mais parfois les patrons d'Elena l'appellent par l'interphone, désemparés car ni les livres qu'ils ont lus, ni les experts qu'ils ont consultés ne leur ont donné le code permettant de déchiffrer l'énigme qu'est leur fils et ses rages qui ne se calment qu'en présence d'Elena. Un jour, la *señora* Tracy avait confié à Elena qu'elle se demandait si l'univers lui avait donné un fils tel que Lance parce que son mari était marié à une autre quand elle l'avait rencontré. Elena croyait-elle que la vie finissait par recouvrer un jour les dettes ? Elle pensait à son fils comme à une fleur à moitié éclose, et elle avait essayé des traitements pour la fertilité pendant plusieurs années, à l'instigation de son mari, comme si son corps était un catalogue et qu'ils passaient commande pour un autre enfant plus performant. Parfois, Tracy pleure pendant des heures dans sa chambre ; d'autres jours, elle demande à Elena de la photographier en train de cuisiner ou de prendre la pose sur le canapé avec un livre, et elle poste ces photos sur internet pour que des inconnus les admirent. Elena entend ses patrons dire aux gens qu'elle aime Lance comme son propre fils. C'est vrai, elle adore cet enfant. Mais son amour pour les siens est différent, enfoui dans sa moelle bien plus profondément que sa lignée, fruit de sa terre d'origine comme la poussière que le vent arrache à ses montagnes. Dans les yeux noirs et la peau ambrée de ses petits, elle voit sa ville couverte de nuages, ses ancêtres, sa mère, tout ce que sa famille a été et sera à jamais.

Elena avait envoyé Talia vivre avec Perla, pensant que sa mère élèverait le bébé quelque temps, jusqu'à ce qu'elle puisse la faire revenir auprès d'elle aux États-Unis. Quand on quitte un pays pour un autre, personne ne vous dit que les années se fondront les unes dans les autres comme l'encre d'un journal sous les gouttes de pluie. Une année en devient cinq et cinq, dix. Puis dix ans en deviennent quinze.

En montant dans l'avion avec Mauro, jamais elle n'avait pensé que ce serait la dernière fois qu'elle verrait sa mère en chair et en os.

Quand Perla commença à perdre ses mots, Mauro demanda s'il pouvait l'emmener chez le médecin. Mais Perla estimait que toutes les maladies se soignaient avec les *polvos* d'un *curandero* ou des pilules données par un pharmacien inventif. On voyait un médecin quand on accouchait ou quand on était mourant. Mauro en trouva un qui accepta de se déplacer à domicile. Perla protesta pendant tout l'examen, mais quand l'homme lui demanda le nom de ses petits-enfants, elle ne put se souvenir d'aucun, pas même de celui de Talia. Cette même nuit, elle tomba en allant de sa chambre à la salle de bains. Quand Mauro la découvrit par terre dans l'entrée, il dit qu'elle ne semblait ni choquée ni blessée, plutôt perplexe, et quand Talia et lui s'agenouillèrent à côté d'elle, il était clair qu'elle avait oublié où elle se trouvait et qui ils étaient.

Elena se sentait coupable d'avoir envoyé Talia pour que Perla s'occupe d'elle. Maintenant, c'était Talia qui veillait sur sa grand-mère. Mauro disait que Talia avait hérité des meilleurs traits de caractère de Perla, s'occupait d'elle avec douceur et lui faisait sa toilette pour qu'elle n'ait pas l'humiliation d'être lavée par lui. Talia l'habillait. La coiffait. Lui donnait à manger en s'assurant que Perla mâchait chaque bouchée et l'avalait sans s'étouffer, car le médecin avait averti qu'elle perdrait les réflexes nécessaires pour manger. Elle était comme un bébé, avait-il dit, et comme avec un enfant, ils devaient veiller à ce qu'elle ne se fasse pas de mal.

Le médecin avait prévenu Mauro qu'il n'y avait aucun espoir d'amélioration. Elle déclinerait, voilà tout, et cela, Mauro ne le dit jamais à Talia. Il ne voulait pas qu'elle voie l'état de sa grand-mère comme une condamnation à mort. Il ne voulait pas qu'elle redoute le processus naturel du corps qui s'éteint et se prépare à quitter la vie. Il tenait à ce qu'elle sache que tant que Perla respirait, tant que son cœur battait, même si sa propre maison et sa famille lui paraissaient étrangères, elle était aimée, appréciée et encore vivante malgré tout ; que même s'ils ne pouvaient plus communiquer avec elle ni la comprendre, même si son visage devenait un masque fermé et inexpressif, elle se rendrait compte grâce à leur contact et à leurs voix qu'elle était en sécurité, parmi les siens.

Mauro dit à Elena que le diagnostic officiel était une paralysie supranucléaire progressive, et Karina alla à la bibliothèque pour trouver toutes les informations disponibles. Elle rapporta à la maison des livres qu'ils étalèrent sur la table de cuisine du cottage et ils y regardèrent des schémas d'hémisphères cérébraux pendant que Karina lisait et en expliquait le sens. La maladie, annonça-t-elle, était dégénérative et incurable. Un lent effacement de ce qui était reconnaissable chez Perla, pour eux comme pour elle.

Quand elle avait dit au revoir à sa mère et à son pays, dix-huit ans auparavant, Elena avait eu le sentiment d'avoir trompé Perla. Ce sentiment s'était accentué quand elle avait décidé de rester aux États-Unis avec Karina et Nando après le renvoi de Mauro en Colombie. Ne pas être présente lors de la fin de vie de sa mère était un déchirement dont elle savait qu'elle ne se remettrait pas. Elle envisagea des scénarios où ils étaient tous réunis. Elle pouvait retourner à Bogotá et habiter dans la maison de Chapinero pour s'occuper de sa mère, mais dans ce cas, elle risquait de ne plus pouvoir retourner aux États-Unis. Il faudrait qu'elle laisse Karina et Nando, vraisemblablement avec Toya ou d'autres amies de la maison de Sandy Hill. Ou elle pourrait les emmener pour qu'ils se rendent compte qu'ils avaient vraiment un pays et que, même s'ils n'avaient pas eu avec Perla la même relation que Talia, ils sachent qu'ils avaient une *abuela* qui les aimait et refassent connaissance avec leur père.

Mais des considérations réalistes surgissaient alors. Comme elle, Karina serait obligée d'attendre des années pour avoir une chance d'obtenir la permission de revenir dans le seul pays qu'elle connaissait. Si Nando et Talia devaient rentrer dans leur pays de naissance, ils devraient quitter leurs père, mère et sœur et subir la même sentence de séparation qu'Elena. Quelle que soit la stratégie envisagée, la famille serait fracturée. Aussi Elena choisit-elle de rester.

Sur les ordinateurs dont ses patrons avaient fait cadeau à chacun de ses enfants, elle ouvrait parfois un programme que Karina lui avait appris à utiliser, glissant le curseur sur la terre jusqu'à ce qu'elle trouve la Colombie vue d'en haut, puis circonscrive la capitale dans l'altiplano tanné et s'en rapproche, passant le doigt sur les montagnes encordées comme si elle était un oiseau qui traversait les hauts plateaux, et zoomait jusqu'à ce qu'elle trouve sa rue, sa maison. Elle ajustait l'image de façon à avoir l'impression d'être sur le trottoir, devant la porte de la *lavandería*, un rêve qu'elle réalisait à maintes reprises grâce à la technologie ; mais quand elle montrait à ses enfants des images de sa maison, ils faisaient une drôle de tête et semblaient se demander comment le bâtiment décrépit sur l'écran pouvait être l'endroit qu'elle aimait si fort et qui lui manquait tant.

Mauro déclara que Perla était morte pendant son sommeil. Elena le savait avant de recevoir son coup de fil. Elle avait senti un courant d'air glacé lorsqu'elle dormait dans la chambre de Lance, l'enfant pelotonné contre elle comme ses propres enfants auparavant. Son cœur se serra. Elle perdit le souffle et sut que sa mère était partie.

Quand Mauro trouva Perla le matin, elle avait l'air paisible comme si elle venait juste de fermer les yeux. Elle était froide et raide, mais il ne put empêcher Talia de faire irruption dans la chambre et de se jeter sur le corps de sa grand-mère.

Il dit qu'il avait senti la présence d'Elena dans la pièce avec eux, comme si elle était dans l'air ou dans le panache de lumière qui se glissait entre les rideaux. Elena lui confirma que c'était vrai. Elle était là avec eux. Même couchée dans ce lit jumeau avec un petit garçon qui n'était pas le sien, dans un pays qui n'était pas le sien non plus. Pendant ces minutes où celle qui lui avait donné la vie, celui avec qui elle avait créé la vie et celle à qui elle avait donné la vie se tenaient embrassés, alors que l'esprit de sa mère s'échappait, ils furent de nouveau ensemble.

19

Vous me connaissez déjà. Je suis l'auteur de ces pages.

Mon histoire ne se borne pas à ce que j'en ai raconté, mais c'est tout ce que vous avez besoin de savoir pour l'instant : toute ma vie, des frontières ont été dressées autour de moi, mais je refuse de vivre comme une personne ainsi délimitée. Je déteste le terme *sans-papiers*. Il implique que les gens comme ma mère et moi n'existent pas sans trace écrite. J'ai un tiroir plein de journaux et de lettres que je n'ai jamais envoyées à ma grand-mère, à mon père et même à ma petite sœur, et qui prouveront à tout le monde que je suis très réelle et que j'ai des documents l'attestant : des photos collées sur notre réfrigérateur, des clichés pris dans la maison de Sandy Hill ou lors de fêtes chez d'autres amis, les portraits que ma mère faisait tirer chaque année chez Sears et pour lesquels elle se mettait sur son trente-et-un, nous obligeant à rester assis immobiles comme des statues dans le bus pour ne pas froisser nos vêtements et paraître impeccables sur la photographie parfaite qu'elle enverrait à sa mère. Ne me dites pas que je n'ai aucun document justificatif alors que mon nom est tatoué sur le bras de mon père.

Ce statut qui vous est affecté veut vous faire croire que le gouvernement des États-Unis est une autre forme de parent. Celui qui vous rejette pour son enfant préféré. Parfois, je me sens mal d'avoir même souhaité avoir ces papiers, comme si ce que je suis ne suffisait pas. Pourquoi voudrais-je être identifiée comme une gringa, réciter le serment que l'on m'a fait apprendre par cœur à l'école avant même que je ne comprenne l'anglais, puisque le gouvernement manifeste très clairement qu'il ne veut pas de gens comme moi dans ce pays ? Le fait que je n'aie pas les papiers qu'ils veulent est peut-être une bonne chose. Cela veut dire qu'ils ne me possèdent pas.

J'ai suggéré à mon frère que, quand nous irions attendre Talia à l'aéroport, nous fabriquions un écriteau à brandir indiquant INVITATION AU SUICIDE, signé NEW JERSEY. Nando m'a objecté que du coup, Talia reprendrait le premier avion pour la Colombie et notre maman mourrait de tristesse.

C'était une plaisanterie, mais pas totalement. Je me suis doutée que Talia finirait par comprendre qu'aucun lieu ne rend une personne suicidaire plus vite qu'une banlieue nord-américaine. De temps à autre, quelqu'un au lycée fait une tentative. En général, une jeune Blanche. Parfois un garçon blanc. Il y a quelques années, un adolescent a sauté des falaises de Fort Lee. La ville a fait un grand battage en s'affichant sous le choc. Beaucoup de filles de son âge ont déclaré que c'était un frimeur et se sont mises à envisager des façons de rivaliser avec lui pour mettre au point une fin plus spectaculaire, comme sauter d'un gratte-ciel de Manhattan, ou plus rétro, se coucher en travers d'une voie ferrée.

Chaque fois que survient une tentative de suicide, l'administration scolaire organise des réunions pour que les parents apprennent à aider leurs enfants en détresse, et on s'attend à ce que tout le monde y assiste, sinon vos parents se feront prendre pour des enfoirés sans cœur. Notre mère y est venue un jour, mais en rentrant à la maison, elle a dit qu'elle ne comprenait pas pourquoi ces enfants qui avaient tout ce qu'ils pouvaient désirer – de belles maisons, des parents qui ne les abandonnaient pas, de quoi manger et s'habiller, des voitures, une éducation à l'université pour laquelle ils n'avaient pas à s'endetter – n'avaient pas goût à la vie. Elle est convaincue que la dépression est un problème de gringo et que puisque Nando et moi avons du sang andin, nous sommes à l'abri.

Elle ignore que quand j'étais en terminale, et que j'avais réussi à être seconde de ma promo grâce à ma moyenne pondérée, j'ai eu un sérieux malaise dans les toilettes des filles : je ne pouvais plus respirer, j'étais complètement oppressée et transpercée par la sensation que j'allais mourir ; j'ai fini dans le bureau de la psy du lycée.

— Vous faites une crise d'angoisse, m'a-t-elle expliqué.

Elle voulait prévenir ma mère pour organiser un soutien psychologique, me trouver un thérapeute ou une connerie du genre.

J'ai répondu que nous n'avions pas les moyens. Elle a téléphoné à la maison, mais Mami travaillait, alors elle a laissé un message disant qu'elle était inquiète au sujet de ma capacité à gérer le stress et pensait que je devais avoir des idées dépressives.

— *¿Qué dice?* a demandé maman.

— C'est mon prof de lettres. Elle voulait te prévenir que je suis la meilleure étudiante de son cours.

Elle s'est contentée de cette explication et lorsque j'ai revu la psy de l'établissement, je lui ai dit que ma mère ne voulait plus être dérangée pour des affaires que je pouvais régler moi-même.

J'aurais souhaité dire certaines choses à ma sœur avant son arrivée. Par exemple, qu'on peut aimer les États-Unis de la diaspora et en avoir peur en même temps. Le lendemain de la dernière élection, des gamins se sont glissés dans la salle de cours en sautant de joie comme si une guerre avait été gagnée. Entendre les insultes lancées dans le couloir comme *Retourne dans ton pays* n'avait rien de nouveau pour Nando et moi, mais depuis peu on y sentait une nouvelle effronterie, comme si une main gantée s'approchait de notre gorge, nous rappelant que nous n'étions pas les bienvenus.

C'est moi qui joue les interprètes pour ma mère quand elle vient voir nos professeurs ou quand ses patrons n'arrivent pas à se faire comprendre avec leur castillan scolaire. Je sais tourner les phrases, faire la conversation et chanter sur des airs de reggae, mais ma grammaire espagnole est nulle et Nando et moi avons sans doute autant de vocabulaire qu'un enfant de maternelle. Nous n'avons pas parlé anglais avant d'aller à l'école. On nous a fait suivre pendant quelques années le programme Anglais seconde langue. J'ai fait tout ce que je pouvais pour effacer toute trace d'accent. Nando, lui, est tombé dans le piège du rattrapage, là où échouent tous les indésirables, les gosses pauvres ou issus des minorités, et qui ne sont pas des flèches en maths ou en sciences. Un autre mot que je déteste : les *minorités*. Une façon de suggérer que nous sommes en infériorité numérique (ce qui n'est pas le cas) et *moins que*.

C'est hallucinant de voir à quelle vitesse une langue se dilue, si tant est qu'elle ne se perde pas complètement, plus vite encore que les souvenirs que je garde de Colombie. Une maison aux murs en bois sombre, imprégnée de voix douces et de l'odeur piquante du savon. Un ciel aussi vaste qu'un océan. Mon père qui me tient au-dessus d'un cratère, avec de l'eau argentée en contrebas. Vous allez me dire que je n'étais qu'un bébé quand je suis partie. Comment pourrais-je me rappeler quoi que ce soit ? Pourtant les images et les odeurs viennent d'une région enfouie plus profond que la mémoire. J'aimerais revoir tout cela, mais c'est le hic lorsqu'on est sans papiers : le pays vous enferme et vous empêche de sortir avant de vous empêcher d'entrer.

Je me rappelle aussi le jour où Talia est née. Nous habitions une chambre jaune d'œuf qui puait la pizza et c'est sans doute pour cela que je n'en supporte pas le goût. Nos parents sont restés absents longtemps. La dame qui nous gardait, Nando et moi, ne pouvait nous détacher de la fenêtre donnant sur l'allée enneigée. Puis nos parents sont revenus, et il y avait un paquet rond dans les bras de ma mère.

— Voilà votre sœur, a-t-elle annoncé.

Et Nando a fondu en larmes.

Maman s'est baissée pour être à notre hauteur et je me souviens d'avoir tendu la main pour toucher le visage du bébé. « *Suave, suave* », a-t-elle dit, et j'ai senti les petits cheveux du bébé et ses joues chaudes.

La nuit, nous dormions tous ensemble, un écheveau familial où ma tête reposait sur la poitrine de mon père, plate et dure sous mon petit corps. Un jour, plus de père. Le matelas était énorme et vide sans lui.

Je me suis demandé s'il se souvenait de tout cela aussi souvent et aussi intensément que moi. Pendant des années, j'ai essayé de deviner pourquoi il n'appelait plus. Est-ce que nous lui manquions moins qu'il ne nous manquait ? Ou avait-il toujours eu le projet de nous amener dans ce pays et de nous y laisser seuls ? Quand nous nous parlions au téléphone, j'avais peur que pour lui, Nando et moi ne soyons l'équivalent d'une vieille facture qu'il avait oublié de payer, ou d'un morceau de viande nauséabond resté trop longtemps sur le plan de travail.

Si j'étais totalement franche, je dirais à Talia que j'ai toujours été jalouse d'elle. Elle me croirait peut-être dingue. De son point de vue, on peut penser que Nando et moi avons eu la belle vie pendant qu'elle était coincée entre un père ivrogne et une *abuela* mourante. Mais je sentais bien que notre mère considérait Talia comme son trésor perdu. Elle avait espéré la récupérer toute sa vie, et, même avec deux enfants cramponnés à elle dans leur sommeil après le départ de notre père, celle que notre mère aimait le plus était la fille qu'elle ne pouvait toucher car elle l'avait envoyée au loin.

20

Tu m'as demandé de te raconter ce qui s'était passé et je t'ai répondu « Pas question ». Puis tu m'as dit de le mettre noir sur blanc parce que tu rassembles les documents pour écrire l'histoire de notre famille, alors ce qui suit est le mieux que je peux faire.

Depuis que nous avons emménagé dans cette ville, nous nous sommes efforcés de passer inaperçus. C'est toi qui m'as dit que jouer au Ricain, c'est adopter une façon de marcher, de parler et de s'habiller. Ça détermine ce que tu penses, ce à quoi tu dépenses ton fric quand tu en as, ce que tu aimes et qui tu hais. Tu as dit que si je pensais être l'un d'entre eux, ils le croiraient peut-être aussi.

J'essaie de les éviter, mais ils me repèrent toujours. Comme la fois où j'étais dans la queue pour les plats chauds à la cafétéria, et où un gamin m'a pincé le cou par-derrière en me traitant de sale latino et de petit Escobar, en me demandant quand j'allais dégager de ce pays. J'ai poussé mon plateau sur le comptoir, espérant que la dame de la cantine, qui avait été témoin de la scène, allait dire quelque chose. Elle ne l'a pas fait.

À l'époque, j'étais copain avec Emma. Elle porte une de ces bagues irlandaises avec un cœur pointé vers l'extérieur et c'est une fan de danse classique. On allait ensemble au cours de photographie en option. On nous apprenait à nous servir de vieux appareils photos et à développer nos clichés. Elle détestait avoir les narines irritées par les produits chimiques, alors je faisais pour elle les travaux en chambre noire. On prenait des photos l'un de l'autre. Moi, contre le mur derrière le bâtiment des sciences, fixant sur une branche d'arbre un regard ébahi, à croire qu'elle venait de m'appeler par mon prénom. Emma en train de tirer une de ses jambes à la verticale en touchant son oreille.

Quand on a étalé les tirages sur la table, elle m'a dit que j'avais des yeux incroyables, comme si un scalpel venait de les ouvrir sur un visage d'argile.

— Des yeux de merlan frit, oui ! a dit un mec que je ne connaissais même pas en venant se mettre entre Emma et moi.

Tout ce qui a suivi, c'était le genre de conneries que j'entends régulièrement. Même aux infos.

À Emma : Tu ne sais donc pas que ces gens-là, ce sont des violeurs ?

À moi : Tu ferais mieux de lui foutre la paix, latrino, sinon je passe un petit coup de fil et je fais expulser toute ta famille.

Latrino. Je ne la connaissais pas, celle-là. Sa sueur de sportif est venue me chatouiller les narines. J'ai vu Emma baisser les yeux comme si elle était liée à lui par quelque loyauté secrète. Au cours de photo suivant, elle a fait passer au professeur un mot disant qu'elle ne pouvait pas développer de tirages à cause de ses allergies, alors il a demandé à un autre élève de s'en charger à sa place pour faire valider son cours.

La dernière fois que je suis allé chez la directrice pour me plaindre de ce genre d'incident, elle a convoqué dans son bureau trois des types qui me harcelaient pour avoir leur version de l'histoire. J'avais bon espoir, le personnel du lycée était très sensibilisé : quelques semaines auparavant, un gamin en Floride avait fait irruption dans son lycée et tué dix-sept personnes. Nous nous sommes assis en rang d'oignon devant son bureau. Elle a demandé si c'était vrai qu'ils me traitaient de tous les noms et menaçaient ma famille.

Les types m'ont regardé comme si j'avais insulté leur mère. L'un d'eux a déclaré :

— Franchement, je suis scandalisé que Fernando ait pu dire une chose pareille. On a seulement essayé d'être gentils avec lui parce qu'on a bien vu qu'il avait du mal à s'intégrer dans notre école.

La directrice s'est tournée vers moi.

— Je sais que l'anglais n'est pas ta première langue, Fernando, alors il se peut que tu aies mal compris ce que tes camarades de classe t'ont dit. Comme tu le vois, ils ont seulement voulu t'aider à t'adapter à notre communauté.

C'est à ce moment-là que j'ai compris que les gosses de riches sont des graines de grands criminels. Après l'école, ils m'ont suivi jusqu'à la maison. Dans une voiture, ils m'ont guetté pendant que j'attendais le bus et sont restés derrière lui jusqu'à ce que je descende à l'arrêt le plus proche de la maison, où il n'y avait rien dans les parages que des champs et des chevaux. Ils se sont garés. Deux gars ont sauté de la voiture, ils m'ont chopé et jeté sur le siège arrière. M'ont roué de coups. Je n'avais plus d'air dans les poumons. Mais ils n'ont pas touché mon visage, si bien que quand ils m'ont poussé dehors à côté des grilles de la maison, je pouvais à peine marcher. Pourtant quand ma mère m'a vu remonter l'allée en me traînant, elle n'a pas pensé une seconde que je m'étais fait tabasser, elle a cru que j'avais une grippe.

Elle m'a aidé à me mettre au lit et est allée me préparer un *caldo de pollo*[1]. Je ne pouvais pas lui dire la vérité. Toi, tu ne l'as apprise que parce que ces enfoirés ont pris une vidéo de l'agression et l'ont envoyée à leurs copains. Puis ils te l'ont envoyée, assortie d'un texto pour te dire que si tu les laissais te la mettre dans le cul, ils me foutraient la paix. Tu pleurais en me racontant ça et en m'assurant qu'il n'y avait rien à faire. J'ai répondu que j'allais acheter un taser. Et que la prochaine fois qu'ils me toucheraient ou te menaceraient, je leur éclaterais les couilles avec. Tu m'as fait jurer de m'abstenir.

Je me rappelle m'être demandé comment on se sentait dans la peau d'un Américain blanc, sachant qu'on peut faire ce qu'on veut parce qu'aucun de ceux qu'on aime ne peut être expulsé. Le pire crime pourrait entraîner une condamnation à perpétuité, mais jamais on n'enlèvera à un Américain blanc son

1. Bouillon de poulet.

droit à ce pays. Nous sommes tombés d'accord que faire remonter l'info attirerait l'attention sur notre famille. Tu as dit que tu haïssais cet endroit et je t'ai serrée dans mes bras, malgré la douleur, et malgré le fait que nous ne sommes plus très démonstratifs.

Quand maman est venue nous voir après le dîner, nous nous étions mutuellement promis de ne souffler mot à personne de ce qui s'était passé. Lorsqu'elle a demandé comment je me sentais, j'ai répondu que son bouillon avait fait son effet. Que je me sentais beaucoup mieux.

21

Ils auraient dû penser que lorsqu'ils arriveraient à Chiquinquirá, il ferait nuit et froid, qu'ils auraient faim et devraient se trouver un endroit où passer la nuit, mais cela ne leur effleura pas l'esprit. La *basilica* était fermée jusqu'au lendemain. Il faudrait qu'Aguja attende le matin pour aller voir la Vierge. Ils n'avaient pas assez d'argent pour une chambre d'hôtel. Ce fut Aguja qui eut l'idée de retourner à l'entrée de la ville, où un pont pour piétons enjambait une mince rivière. Talia suivit quand il fit descendre sa moto sur la pente herbeuse menant à la berge, puis l'appuya contre le tronc d'un chêne. Il s'allongea à côté et se fit un oreiller de sa veste.

— Si on dort ici, on va geler, lança Talia.

— Nos corps sont faits pour ce climat. Tu crois que nos ancêtres avaient des radiateurs électriques ?

— Ils avaient du feu.

— Continue à te plaindre. Ça ne fera pas venir le soleil plus vite.

Elle resta assise à côté de lui, les genoux repliés sur sa poitrine, et sentit le froid de l'herbe à travers ses vêtements.

— Tu peux t'allonger sur le dos, dit-il. Il ne t'arrivera rien.

— J'ai froid.

— Viens te mettre à côté de moi, ça nous réchauffera tous les deux.

Elle s'installa contre lui et leurs corps s'ajustèrent l'un à l'autre.

— Si tu essaies de me tripoter, je t'arrache les deux yeux.

— Je ne sais pas pourquoi tu veux quitter ce pays. Tu es une guérillera dans l'âme, visiblement.

Elle pensa que s'il sentait aussi mauvais, elle aussi devait puer. Leurs odeurs se mêlaient, à force d'avoir été pressés l'un contre l'autre dans des fumées de pot d'échappement, derrière des camions et des autocars sur des autoroutes et des routes de campagne. Gênée, elle essaya de s'éloigner, mais il resserra son étreinte. Elle sentit ses os contre son épaule. Il mit son bras de façon à lui entourer le cou et posa une paume de main sur son flanc.

— Dis-moi enfin comment tu as échoué si loin de chez toi ?

— Je t'ai expliqué. Je fuyais un sale type.

— Mais qu'est-ce que tu fabriquais dans un endroit comme Barichara ?

Cela ne faisait que quelques jours qu'elle s'était échappée de la prison-école, pourtant Talia avait l'impression d'avoir menti pendant très longtemps, toute sa vie peut-être. Elle décida de lui donner une version des faits aussi exacte que possible, mais pas au point de risquer de lui fournir des armes qui pourraient se retourner contre elle.

— Je me suis sauvée.

— D'où ?

— D'un endroit où l'on m'a envoyée parce que j'ai fait des bêtises.

— Ça ne m'étonne pas, dit-il en riant.

— Tu ne rigolerais pas si tu savais ce que j'ai fait pour y être envoyée.

— Tu as giflé une de tes copines de classe ?

— J'ai grièvement blessé un homme. Je l'ai brûlé et il aura des cicatrices à vie.

— Comment ça ?

— Avec de l'huile bouillante.

Il resta silencieux. Elle entendit tinter le courant de la rivière. Au-dessus d'eux la lune, éclairée par la lumière réfractée des étoiles et cernée par les nuages, ressemblait à une balle de revolver.

— Ta mère est au courant de ce que tu as fait ? reprit-il.

— Non.

— Alors tu es en cavale.

— Si on veut, oui.

— Tu sais ce qui arrive aux fugitifs ? Tu ne pourras jamais revenir, sinon la police t'attendra et te mettra en prison.

— Je ne fais pas de trafic de drogue ni de politique. Je n'ai que quinze ans.

Elle sentit les doigts d'Aguja se poser sur ses cheveux, mais ne lui dit pas d'arrêter.

— Tu es prête à quitter ce pays en sachant que tu ne pourras peut-être jamais y revenir ?

— Je ne veux pas y penser.

— Quand tu seras aux États-Unis, personne ne te comprendra. Je ne parle pas que de la langue. C'est un pays d'étrangers. Ce sera un autre type de peine à purger. Et, en tant qu'immigrante, tu ne pourras pas y échapper.

— Tu crois qu'ici ça vaut tellement mieux ?

— Non, mais c'est un pays fraternel. Tu veux aller dans un endroit où tu seras invisible.

— Je veux retrouver ma mère.

— La Colombie est ta mère, elle aussi.

Aguja s'endormit. Talia, elle, resta éveillée sur le lit de terre dure, assourdie par la rivière. Chez elle, quand elle ne trouvait pas le sommeil, elle allait dans la chambre de son père et lui demandait de lui raconter comment Chiminigagua avait créé le soleil, nommé Sué, puis sa femme Chía, la lune. S'ils étaient des compagnons aimants, ils se querellaient pourtant pour décider qui contrôlerait le monde pendant le jour et la nuit. Comme Chía veillait sur le monde pendant l'obscurité, Mauro conseilla à Talia de lui demander de la guider vers un sommeil paisible jusqu'à ce que son mari Sué prenne la relève et contrôle le jour dès l'aube.

D'habitude, Talia s'endormait en chuchotant encore sa prière à la lune, et quand elle s'éveillait dans l'appartement baigné de lumière, son père, qui l'attendait dans la cuisine avec le petit-déjeuner, lui assurait qu'elle devait bénéficier d'un traitement de faveur car la lune exauçait toujours ses demandes.

Elle savait qu'elle ne connaîtrait jamais une nuit pareille à celle-ci. Une nuit à côté d'Aguja, sous des étoiles brillantes comme des clous plantés dans le ciel, à respirer l'odeur de terre, de menthe et de fleurs et à entendre l'arroyo couler vers le Río Magdalena, qui débouchait dans la mer des Caraïbes par un estuaire où les requins venaient se repaître des poissons de rivière. *Malgré toute sa beauté, ce pays réussit à se trahir lui-même.* Une phrase qu'elle se souvenait avoir entendue dans la bouche de son père. Si c'était vrai, et si elle était bien une enfant de ce pays, ce n'était pas étonnant qu'elle lui tourne le dos comme ses parents l'avaient fait avant elle.

Elle pensa à ce qui serait gagné et perdu lorsqu'elle l'aurait quitté.

Dans l'autre pays, elle étreindrait sa mère, son frère et sa sœur pour la première fois depuis qu'elle était bébé. Ils dormiraient tous sous le même toit.

Dans l'autre pays, elle tomberait amoureuse pour la première fois. Cette idée la fit frissonner. Puis elle se dit que dans ce pays-ci, elle pourrait ne jamais trouver l'amour, et elle se sentit découragée.

Dans l'autre pays l'attendait un avenir inconnu. Mais seulement à condition de laisser mourir son avenir dans ce pays-ci.

Dans l'autre pays, elle ne serait plus une délinquante. Mais dans l'autre pays la moitié de sa famille l'était et le serait toujours.

Dans l'autre pays, elle aurait une sœur et un frère. Elle ne serait plus une enfant unique veillant sur la santé de sa grand-mère et le cœur de son père.

Dans l'autre pays, il n'y aurait pas de garçon comme Aguja qui dormirait à côté d'elle et lui semblerait familier au premier coup d'œil, et réciproquement.

Il avait raison. Dans l'autre pays, il n'y aurait que des étrangers, et elle serait une étrangère aussi, même aux yeux de sa propre famille. Son père attendrait en Colombie, peut-être éternellement, une fille et une famille qui avaient appris à vivre sans lui.

Que se serait-il passé si elle n'était pas allée au rendez-vous avec Claudia au restaurant près de El Campín ce jour-là, s'il n'y avait pas eu ce chaton, si elle ne s'était pas trouvée dans l'allée pendant que les cuisiniers prenaient leur pause ? Si l'homme avait manifesté miséricorde ou indifférence et laissé la petite bête tranquille au lieu de décider de la tuer ? Et si Talia, au lieu de prendre un coup de sang, était restée en retrait, horrifiée ? Le méfait de l'homme, mineur mais barbare, avait révélé à Talia sa propre noirceur et elle ne serait plus jamais la même. Et si elle ne s'était jamais évadée de sa prison-école et y était restée purger sa peine encore quelques mois ? On lui avait dit que si elle avait prouvé qu'elle s'était amendée, son délit serait effacé de son casier judiciaire à dix-huit ans. Ce serait une chose qu'elle pourrait essayer d'oublier. Mais Talia était patiente comme le lait sur le feu. Elle voulait croire l'amour de sa mère inconditionnel, pourtant elle craignait qu'en découvrant ce qu'elle avait fait, ce dont elle était capable et où son forfait l'avait conduite, Elena ne change d'avis et n'ait plus envie de faire venir près d'elle son enfant élevée au loin. Parfois, Talia pensait que c'était une bonne chose que Perla soit morte, car si elle avait vécu assez longtemps pour voir sa petite-fille bien-aimée envoyée en prison, cela l'aurait tuée.

Elle se leva et s'approcha du ruisseau, peu profond et limpide, à la différence des artères engorgées du Río Bogotá. Elle s'accroupit dans les roseaux aplatis et plongea ses doigts dans l'eau jusqu'à frôler les galets plantés dans la berge. Son père lui avait raconté un jour que les pierres des rivières portent chancc aux voyageurs, car les cours d'eau sont peuplés d'esprits qui voyagent entre les mondes, effleurant ces pierres qu'ils laissent comme talismans pour les vivants.

22

Une armée d'autocars déposa les pèlerins à la basilique le lendemain matin. Talia et Aguja observèrent la foule grossir. Il demanda une dernière fois à Talia si elle ne préférait pas l'accompagner plutôt qu'attendre sur un banc. Absolument pas, dit-elle, et elle le regarda s'éloigner pour rejoindre les fidèles. Perla n'était jamais allée à la *basilica*, mais elle allumait toujours des cierges et allait à la messe les jours de fêtes mariales. Elle avait une statue de Santa Maria en manteau bleu et voile blanc sur une table près de son lit. Quand elle était petite, Talia voulait croire que c'était une statue d'Elena et elle, même si le bébé dans les bras de céramique était un garçon. Après la mort de Perla, quand Mauro vendit la maison et qu'ils se préparèrent à emménager dans un appartement, il emballa la statue dans du papier journal, mais les déménageurs la perdirent et ils ne la revirent jamais. Talia pleura, car elle avait l'impression que dans cette statue, malgré la main ébréchée de la Vierge et son nez manquant, il y avait un peu de sa grand-mère, et que sans la maison ni ses cendres qu'ils avaient envoyées à Elena, il ne restait plus rien de Perla.

C'était comme si elle n'avait jamais existé. Comme si Talia avait imaginé son enfance aux bons soins de son *abuela*. Aucune trace de sa voix, que Talia n'entendait plus maintenant que dans son souvenir. Ils avaient distribué ses vêtements, et même le crucifix réparé au mur de l'entrée avait été donné à une église près de Paloquemao. Quand Talia partirait, elle aurait encore moins de choses à emporter. Juste une valise de vêtements et deux ou trois objets pour lui rappeler son foyer. Son père avait dit que la mort d'un être aimé était comparable à l'incendie d'une maison. Même si tout était intact, on avait l'impression qu'il ne subsistait que des cendres.

Bientôt il resterait dans leur petit appartement où Talia ne dormirait plus dans la chambre voisine. Elle se demanda si pour lui, son absence serait un autre incendie.

Lorsqu'il revint de la *basilica*, Aguja tendit à Talia un sac en papier. Elle l'ouvrit et sortit un cordon emmêlé attaché à un scapulaire en plastique où figurait le visage de la Vierge.

— Pour te protéger.

Il tira sur le col de sa chemise pour lui montrer un cordon identique passé à son cou.

— J'ai allumé un cierge pour toi aussi. Donc tu vas retourner chez ta mère sans problème.

Elle le remercia, passa le scapulaire autour de sa tête et le sentit ballotter contre sa poitrine.

— Il faut que je rentre à Barichara. Ma copine doit faire une crise cardiaque. Je ne l'ai même pas appelée. Quel est ton plan pour la fin de ton voyage ?

— Je vais essayer de prendre l'un de ces cars.

— Ce sont des voyages organisés. On ne te laissera pas monter. On n'est qu'à une ou deux heures de voiture de la capitale. Pourquoi tu ne demandes pas à ton père de venir te chercher ?

— Il n'a pas de voiture.

— Tu n'as pas d'autres amis à qui demander ce service ?

— J'ai peur de me faire dénoncer si j'appelle.

Il se tut quelques instants.

— Je pourrais t'emmener, j'imagine, dit-il finalement. Je me sentirai mieux si je sais que tu es arrivée à bon port. Je n'ai pas envie de rester là à m'inquiéter, tu comprends ?

— Ta copine va croire que tu t'es fait kidnapper.

— Il y a de ça !

Avant de quitter Chiquinquirá pour la capitale, Aguja appela chez lui. Il s'éloigna pour parler, mais Talia l'entendit dire à sa petite amie qu'il avait été retardé en passant voir un ami dans une autre ville et lui garantir que non, il n'était pas avec une autre fille, qu'elle était la seule pour lui, est-ce qu'il ne lui prouvait pas chaque jour en lui demandant de l'épouser ? N'était-ce pas elle qui répondait toujours qu'ils étaient trop jeunes et devaient attendre ? Il lui assura qu'il l'aimait. Lui murmura des mots doux. *Preciosa*, *muñequita*, *mi angelito de la guarda*. Il avait une voix ronronnante, différente de celle avec laquelle il parlait à Talia. Même sa posture avait changé : il tenait le téléphone contre sa joue comme si c'était la main de sa petite amie. Talia essaya de se la représenter et se demanda pourquoi certaines filles devenaient exceptionnelles aux yeux des garçons, alors que les autres ne retenaient même pas leur attention.

Avant qu'ils ne reprennent la route, Talia demanda à Aguja si elle pouvait utiliser son téléphone. Il était temps d'appeler son père, pensa-t-elle, de le prévenir qu'elle était arrivée à proximité et serait là d'ici quelques heures. La batterie du téléphone était presque à plat, mais il le lui donna. Elle fit le numéro et laissa sonner, sonner. Il n'y eut pas de réponse.

23

Mauro vit qu'il avait eu un appel en absence d'un numéro inconnu. On n'avait pas laissé de message. Il espéra que c'était Talia qui l'appelait pour dire qu'elle était saine et sauve, puis la panique le saisit à l'idée que c'était peut-être la police ou un hôpital l'avertissant qu'elle avait été arrêtée ou blessée. Il se trouvait dans l'un des appartements qu'il entretenait, à faire une réparation électrique chez des locataires. En travaillant sur les fils, il observa le spectacle de la famille assise à la table de la salle à manger, en train de prendre le petit-déjeuner. Les parents, un fils et deux filles. Exactement comme sa famille, à ceci près qu'ils ne lui ressemblaient pas du tout car chacun était si à l'aise dans sa propre routine qu'il ignorait les autres. Le père lisait le journal du matin. La mère donnait ses instructions à la bonne qui leur reversait du café. Les enfants se taisaient, muselés par l'ennui. Pour Mauro, une telle indifférence était un luxe incompréhensible.

Le père, vêtu d'une chemise repassée et d'un pantalon, une veste de costume accrochée au dossier d'une chaise voisine, se mit à parler du traité de paix, disant que c'était une mascarade et se demandant quel côté allait embobiner l'autre. L'une des filles déclara que les forces rebelles, déjà démobilisées, avaient rendu leurs armes et le père rétorqua qu'ils n'étaient pas assez bêtes pour rendre toutes les armes de leur arsenal et qu'ils avaient sûrement des stocks cachés. Il prédisait que la paix officielle allait entraîner des dissensions dans les franges révolutionnaires, que des factions plus petites s'empareraient du pouvoir et que les insurgés déjà légitimés par le traité feraient de la Colombie une nation de guérilla officialisée.

Il parlait haut et fort, ce qui est le propre des hommes latino-américains d'une certaine classe qui revendiquent leur autorité, comme si chacun aspirait à devenir le président de sa propre république miniature. Il dit à ses enfants qu'ils étaient trop jeunes pour se rappeler les massacres des Awás à Nariño ou les tueries de masse à Dabeida ou dans le Chocó ; une époque où plus de parents enterraient leurs enfants que l'inverse. Tout le monde voulait si éperdument un défilé pour la paix, un prix Nobel et une nouvelle fête nationale que les centaines de milliers de morts et de disparus en étaient oubliés.

Tout en s'efforçant de remettre la lumière dans le couloir de la famille, Mauro se sentait invisible. Les gamins étaient passés maintes et maintes fois devant lui dans le hall sans le saluer. On leur avait appris à distinguer les personnes qui méritaient un « bonjour » et celles qui pouvaient s'en passer. Le père lui avait demandé son nom le jour où Mauro l'avait aidé à faire démarrer sa voiture. Après ça, il lui lançait à chaque fois : « Comment va la famille, Mauricio ? » alors que Mauro ne lui avait jamais parlé d'Elena ni de ses enfants. La femme recevait des visites de ses amies presque chaque après-midi. Un jour, il avait été appelé dans la cuisine où l'évier, bouché, s'était rempli pendant l'une de ces réunions. La femme était dans tous ses états tandis que la bonne épongeait la mousse. Quelques jours plus tard, la femme vint trouver Mauro dans le hall et lui demanda s'il connaissait quelqu'un parce que la bonne actuelle les quittait.

Mauro ferma les yeux quelques secondes pour essayer de faire naître l'illusion et les rouvrit. L'espace d'un instant, il réussit. Il vit sa propre famille assise à la table : lui-même et Elena, chacun absorbé par les détails de la journée, une vie où les titres menaçants des journaux ne s'infiltraient dans leur univers non violent que pendant les conversations des repas. Les enfants. Son fils, anguleux et vautré sur sa chaise, l'air encore optimiste, n'ayant pas connu le rejet que son père avait subi dès son jeune âge, ni été marqué par la désertion que Mauro lui-même avait imposée à ses enfants. Sa première fille. Un visage semblable à celui d'Elena, serein mais secret. Talia était là elle aussi, la fille qui, il le craignait, avait été si protégée qu'elle était devenue trop téméraire. Il cilla de nouveau et ils disparurent.

Une fois la *lavandería* fermée, et sans perspective de trouver des locataires pour la boutique, l'entretien de la maison de Perla devint trop coûteux pour Mauro, même avec les sommes qu'Elena envoyait de l'étranger. Il envisagea de louer des pièces, mais Elena ne voulait pas que sa maison d'enfance soit transformée en pension ou en gîte. Les pâtés de maisons voisins se remplissaient de cafés, galeries, bars et boutiques branchées, alors que celui où se trouvait la maison de Perla était jusqu'ici resté intact. Comparée aux bâtiments plus récents construits dans le secteur, cette maison paraissait encore plus délabrée. Chaque locataire potentiel le remarquait aussi. Le bâtiment aurait besoin d'être complètement rénové. Il vaudrait peut-être davantage une fois détruit.

— Vends-le, avait dit Elena.

Elle signerait tous les papiers nécessaires pour l'habiliter à le faire à sa place. Il se demanda si le temps délavait les souvenirs qu'Elena gardait de la maison, au point qu'ils n'étaient plus que de légères égratignures sur une toile pâle. Un héritage ? Non, seulement un gouffre de dettes, un endroit où elle ne comptait plus retourner un jour ni, à plus forte raison, habiter. Cependant Mauro craignait qu'en se séparant de la maison, la famille ne soit encore plus déracinée ; sans elle, sans sa mère déjà morte, et une fois que Talia l'aurait rejointe aux États-Unis, il ne resterait plus rien pour Elena en Colombie.

Avant de donner les clés aux nouveaux propriétaires, des Espagnols qui comptaient transformer le bâtiment en école de langues, Mauro et Talia montèrent sur le toit où il avait embrassé Elena la première fois et s'assirent sur le rebord, face au sommet de Monserrate. Des éclairs zébraient le ciel au loin. Talia déclara que la ville était si laide et le temps si mauvais qu'elle ne comprenait pas pourquoi la capitale n'avait pas été fondée dans un endroit où le climat était meilleur. Mauro lui rappela que c'était la terre de leurs ancêtres et que leurs liens à ce lieu étaient profondément enracinés et remontaient à bien avant que Bogotá ne devienne la métropole. À l'époque précédant la colonisation et l'extermination, avant que leur langue ne soit interdite et qu'on ne leur impose un nouveau dieu et de nouveaux noms, leur peuple comptait des millions d'hommes et leur civilisation était riche et puissante.

Malgré la difficulté qu'il avait à trouver les mots, il voulait faire comprendre à sa fille que partir avait un prix. Il voulait dire que quelque chose est toujours perdu : même quand nous sommes ceux qui migrent, nous finissons occupés. Mais Talia n'écoutait pas, déjà lasse des histoires de son père. Il la sentait se détacher de lui, de leur ville. Elle voyait leur nouvel appartement comme un lieu de transit et comptait les jours en attendant de pouvoir le quitter. Ce qu'elle ne savait pas, pensait Mauro, c'était que lorsque l'enchantement à vivre dans un autre pays s'étiole, une douleur particulière vous attend. L'émigration est comme une mue. Une désagrégation. Vous vous réveillez chaque matin en ayant oublié où vous êtes, qui vous êtes, et quand le monde extérieur vous renvoie votre reflet, il est laid et déformé ; vous êtes devenu une créature méprisée et indésirable.

Il savait que dans l'esprit de Talia, son voyage signifiait un renouveau, et il le serait. Il espérait que l'amour de sa mère et de son frère et sa sœur suffirait à l'apaiser lorsqu'elle affronterait le second volet de son expérience, et qu'elle apprendrait ce que tous ceux qui franchissent la frontière savent. Partir est une sorte de mort. On peut se retrouver avec beaucoup moins qu'auparavant.

Mauro trouvait qu'en choisissant d'émigrer, on se dénature. Peut-être était-ce le destin de l'homme de rester en mouvement et de chercher à s'éloigner, selon la volonté de Chiminigagua, car la première migration de l'humanité était celle qui lui avait fait suivre le grand serpent d'eau et l'avait menée du monde souterrain au-dessous du lac sacré jusqu'à la terre des jaguars et au royaume des condors au-dessus.

Elena appela pour demander à Mauro d'emballer la statue de la Vierge de Chiquinquirá qu'avait Perla afin que Talia l'emporte avec elle dans le Nord. Il lui annonça qu'elle avait été perdue pendant le déménagement. Il était désolé de ne pas lui en avoir parlé plus tôt. Il craignait qu'Elena ne prenne encore ceci pour l'une de ses excuses habituelles. Il voulait dire qu'il regrettait non seulement la perte de la statue, mais aussi toutes les déceptions qu'il lui avait infligées et le fait de ne pas encore avoir trouvé le moyen de reconstituer leur famille telle qu'elle était au départ. Après une pause, Elena se borna à demander comment allait Talia et pourquoi elle ne la rappelait jamais. Mauro fut soulagé de changer de sujet, mais non de devoir mentir à nouveau.

— Elle est très occupée à préparer son départ. Elle a du mal à dormir tant elle est surexcitée à l'idée de vous retrouver tous. À partir de samedi, vous deux vous aurez tout le temps de vous remettre à jour.

Il n'était pas sûr qu'elle le croie. En fait, il était presque certain du contraire. Mais elle n'insista pas et ne chercha pas à poser d'autres questions.

Cet après-midi-là, dans un magasin d'articles religieux de la Calle 64, Mauro acheta à Elena une autre statue, plus petite et moins bien finie que celle que Perla aimait tant, mais il l'emmena dans une église voisine et demanda au prêtre de la bénir. Il espérait que Talia raconterait tout cela à sa mère quand elle lui donnerait la statue.

Mauro étudia la carte de Santander, essayant d'imaginer le chemin pris par Talia pour revenir. Quelles étaient les chances pour qu'une fuyarde de quinze ans réussisse à traverser plusieurs provinces, à se frayer un chemin seule dans les montagnes et à rester indemne ? Il refusa de s'imaginer sa fille en train de faire du stop, trempée par la pluie, affamée, et de penser aux endroits où elle avait dormi. Il se demanda si elle avait fait la route avec une autre fille et il pria pour sa sécurité, récita des mantras où il répétait qu'elle arriverait bientôt, et tâcha de se représenter cette réalité en préparant sa valise pour son départ tout en laissant son billet d'avion entreposé avec soin dans un tiroir de la commode. Vêtements pliés, méticuleusement rangés dans une valise qu'il avait achetée au Centro Andino, aux parois roses comme une passiflore, la fleur préférée de Talia.

Il avait acheté des cadeaux pour Karina et Nando, des disques de musique colombienne. Un collier pour Karina, une ceinture de cuir pour Nando.

C'était peu, mais il ne pouvait se permettre plus, tout en étant sûr que là-haut, ils étaient habitués à des objets plus beaux et moins folkloriques. Il avait sorti les photos de Perla de leur cadre et les avait mises dans une enveloppe avec une lettre pour Elena. Il avait honte de son écriture, car il n'était pas resté à l'école assez longtemps pour savoir former convenablement les lettres, si bien que l'ensemble était peu présentable et qu'il avait gâché de nombreuses feuilles de papier en essayant d'écrire droit, afin de dire à Elena qu'elle était toujours son unique amour et de lui demander de lui pardonner toutes les fois où il n'avait pas été à la hauteur.

À son retour, Talia découvrirait que son père avait prévu un cadeau pour elle aussi. Pendant les années où ils avaient appris à se connaître comme père et fille, alors qu'elle était encore sous la garde exclusive de Perla, elle avait aperçu le tatouage sur son avant-bras. Elle avait demandé à Mauro ce qui était écrit, car elle ne savait pas encore lire.

— Karina.

— Comme ma sœur ?

Il lui avait répondu oui et avait vu sa curiosité se transformer en chagrin. Elle n'avait fait aucun commentaire, mais elle avait dû se demander pourquoi le nom de Karina était le seul inscrit sur le corps de son père. Il ne pouvait pas lui expliquer qu'il n'avait pas d'argent à dépenser en tatouages. Celui-là avait été un caprice, fait dans l'euphorie qui avait suivi la naissance : il s'était précipité dans l'échoppe au coin de la rue et s'était fait tatouer le nom de sa fille et de sa mère sur le bras. Il se souvenait du moment où il était rentré à la maison et l'avait montré à Elena. La peau douloureuse, saignotante, couverte de pommade et d'un film transparent. Elle avait porté ce bras à ses lèvres et embrassé le nom de leur bébé. L'année suivante, quand ils étaient tous les trois aux États-Unis, elle passait souvent les doigts sur ces lettres, comme si elles contenaient une sorte de promesse.

Désormais, quand Talia regarderait les bras de son père au-dessus de ses mains calleuses qu'elle massait avec ses lotions parfumées lorsqu'il rentrait du travail, un rituel qu'ils observaient depuis des années, elle verrait le nom de son frère écrit au-dessus de celui de sa sœur, et le sien, tatoué en filigrane, au-dessus de celui de Nando.

Sur son autre bras, qui ne portait aucune marque sauf les cicatrices datant des années passées à travailler dans le *campo*, et celles qu'il avait récoltées à Ciudad Bolívar, Paloquemao et aux États-Unis, là où affleuraient les veines de son poignet, était inscrit sur la peau fine comme du papier le nom qu'il aurait dû se faire tatouer depuis longtemps. Elena. Il demanderait à Talia de ne pas en parler à sa mère. Il espérait pouvoir le lui montrer un jour lui-même.

Talia n'était pas sentimentale. Pas comme son père, que le monde pourrait encore considérer comme jeune et dynamique, mais qui, aux yeux de sa fille, était un vieil homme mélancolique. Elle trouverait peut-être son initiative mièvre et insignifiante au lieu de se dire comme lui que lorsqu'elle serait dans ce fameux avion, tout ce qui resterait à Mauro de sa famille, ce serait cette série de noms gravés sur ses bras.

L'appartement, malgré son exiguïté, serait trop grand pour lui tout seul. La vue de la chambre vide de sa fille, ces posters de chanteurs et orchestres gringos qu'elle avait scotchés au mur lui pinceraient le cœur. Il renouerait avec le silence, dont il avait déjà eu une dose pendant le séjour de Talia en prison ; et l'idée de la solitude sans fin qui l'attendait quand elle serait partie en Amérique du Nord était insupportable. Certaines nuits, il regrettait même le tohubohu permanent qui était son lot quand il dormait dans la rue parce que, il le comprenait maintenant, il le distrayait des échos de son monde intérieur. Il allait aux réunions des AA presque chaque soir et espérait qu'elles suffiraient à l'empêcher de retomber dans ses vices passés pendant l'interminable traversée du désert à laquelle il serait condamné après le départ de Talia.

24

C'était mon idée d'aller aux falaises des Palisades comme quand nous étions petits ; le dimanche, c'était jour de congé pour presque tout le monde dans la maison de Sandy Hill, et nous partions pique-niquer à Hook Mountain en convoi. Je suis le seul de la maison à avoir mon permis de conduire, et les patrons de maman sont cools : ils me laissent volontiers prendre la jeep dont ils se servent très peu et – ce que tu ne sais pas – je monte parfois là-haut tout seul juste pour dessiner la vue, avec ces tourbillons de couleurs acidulées, surtout avant le coucher du soleil. Ce jour-là nous avons gravi tous les deux notre chemin favori jusqu'à l'escarpement rocheux à flanc de montagne, d'où nous avons regardé en contrebas l'Hudson tuméfié. J'ai retrouvé inchangés les sensations et le spectacle de l'époque où j'étais enfant, où j'avais l'impression d'arriver au bout de la terre et à la fin des temps.

Sur cette montagne, il y a des gens qui meurent. Surtout des randonneurs qui s'écartent des sentiers battus et glissent dans les précipices. Les gens tombent alors qu'ils photographient les montagnes et le fleuve ; les chiens aussi, lorsqu'ils courent derrière un frisbee pour le rattraper. Nous nous sommes assis face à Sing-Sing et au fleuve. Enfants, nous pensions qu'il s'agissait d'un des châteaux du roi d'Amérique, jusqu'au jour où quelqu'un nous a dit que c'était une prison où l'on enfermait les assassins et les fous. Il m'a fallu des années pour comprendre que la détention et l'expulsion de notre père, dont je ne me souviens pas du tout, signifiaient qu'il avait passé un certain temps en prison. Peut-être dans une qui ressemblait à Sing-Sing, avec ses tours de guet filiformes et ses échafaudages métalliques.

Notre mère me raconte combien il m'aimait. Premier fils, seul garçon : ce que ça a de si spécial pour un futur père, et comment, avant ma naissance, il lui avait parlé de l'ancien maître de la ville natale de sa mère, dont la fille vierge était tombée enceinte du soleil et avait donné naissance à une émeraude qu'elle avait jalousement gardée jusqu'à ce qu'en grandissant, la pierre précieuse devienne un homme, un roi guerrier appelé Goranchacha, fils du soleil. Quand je vois notre père par appel vidéo, il me fait l'effet d'un parent éloigné. Toi, tu as mis au point ton air « j'en-ai-rien-à-foutre », mais quand tu raccroches après l'un de ces échanges avec lui, tu te précipites dans ta chambre. Je t'ai entendue pleurer dans ton oreiller à travers les cloisons. Et puis plus un bruit : alors je sais que tu écris.

C'est ce que tu fais quand tu n'es pas à la bibliothèque ou en train de lire les livres que tu rapportes à la maison. Et tu écris en anglais. Maman a beau considérer que c'est une tragédie que tu ne sois pas capable d'écrire en espagnol, je sais que tu préfères ne pas devoir te tracasser à l'idée qu'elle puisse te lire, et tu penses sans doute que je ne suis pas assez intéressé pour y jeter un coup d'œil. La seule et unique fois où je t'ai demandé ce qu'il y avait dans tes cahiers, tu m'as répondu que puisque le gouvernement avait considéré que tu n'avais pas les papiers adéquats, alors tu remplissais tes propres papiers. Et quand la situation se clarifierait enfin et qu'il serait sans danger pour des gens comme toi de devenir visibles, il faudrait qu'ils écoutent tout ce que tu as attendu de pouvoir dire.

J'ai toujours vu notre mère seule. Je sais qu'à une époque, c'était différent, mais je ne me souviens pas de nos parents ensemble. Je ne connais pas leur visage amoureux. Je ne les ai pas vus assez longtemps en couple pour les voir se disputer ou se mettre à se détester, comme tous les autres parents, jusqu'au jour où ils décident qu'ils préfèrent aimer quelqu'un d'autre.

Comment étaient-ils ? Formaient-ils l'un de ces couples qui sont le fruit du hasard, en l'occurrence la grossesse de ma mère, ou étaient-ils follement épris, comme on souhaite tous l'être quand on est amoureux comme on l'est seulement dans sa jeunesse et qu'on espère que cet amour durera, qu'il ne vous glissera pas entre les doigts ni ne mourra comme un oisillon nouveau-né touché par mégarde.

Je ne connais l'expression de nos parents que lorsqu'ils se parlent par écran interposé. Leur politesse étrange, comme s'ils étaient des associés d'affaires et n'avaient jamais baisé assez ardemment pour faire trois bébés ensemble. C'est toujours pareil. À la fin de ces appels, maman a chaque fois l'air désorientée et un peu triste. Dites à votre père que vous l'aimez, articule-t-elle sans bruit avant que nous ne raccrochions. « *We love you* », disons-nous. « *Los adoro* », nous répond-il.

Je me souviens de la fois où tu as demandé à maman pourquoi elle n'a jamais eu de petit ami depuis que notre père nous a laissés dans ce pays-ci.

— Pourquoi t'obliges-tu à être fidèle ? Je suis bien certaine qu'il ne vit pas comme un moine en Colombie.

À l'évidence, tes paroles ont touché un point sensible. J'ai cru qu'elle allait te dire d'arrêter de parler comme une gringa mal élevée, l'une de ces ados de sitcom qui auraient bien besoin qu'on leur retourne un *chancletazo*. Mais elle a seulement soupiré en marmonnant :

— Tu parles sans savoir, *corazón*.

J'espère que quand Talia arrivera, elle nous en dira davantage sur notre père. Les histoires de notre mère remontent à plus de quinze ans et aux fragments que sa mère, avant de mourir, lui a racontés sur la vie qu'il a menée à Bogotá, et tiennent aussi à ce qu'il révèle au téléphone, c'est-à-dire peu de choses. Tu m'assures que ton vœu le plus cher est de pouvoir voter dans ce pays, toi qui m'as fait jurer de m'inscrire sur les listes électorales dès que j'aurai dix-huit ans, afin de mettre mon bulletin dans l'urne à chaque élection puisque maman et toi ne le pouvez pas. Je sais pourtant que ce que tu désires plus encore c'est avoir notre père en face de nous, et le voir figurer sur toutes nos photos de famille. Apprendre à connaître ses habitudes aussi bien que celles de notre mère. Qui par exemple tourne son café avec son doigt au lieu d'une cuillère, pour évaluer la température du liquide avant de le porter à sa bouche, et qui pousse un long soupir proche du sifflement à la vue de la pluie, ou qui dit quand il fait froid que ça lui rappelle Bogotá. En fait, ce que j'essaie de dire, c'est que quand Talia reviendra, on aura l'impression d'accueillir aussi un morceau de notre père.

Tu as désigné un endroit de l'autre côté du fleuve dans la direction de Sleepy Hollow. Tu parlais des fantômes qui hantaient ces lieux, âmes tourmentées sous l'eau, morts enterrés dans la montagne, sacrifiés à l'histoire. Je ne t'avais pas entendue parler autant depuis un moment, alors je t'ai laissée continuer sans t'interrompre. D'ici quinze jours, tu auras obtenu ton diplôme de fin d'études secondaires. Seconde de toutes les terminales, alors que tout le monde sait que tu étais première ex aequo, mais les administrateurs ont dû choisir la fille qui ferait le grand discours des lauréats et ils ont donné la préférence à l'autre. Tu as dit à maman que dans notre ville, avec des tarifs tels que notre école pourrait aussi bien être privée, ils ne pouvaient pas avoir une major de promo qui se prépare seulement à suivre un cours ou deux à l'université locale tandis que l'autre fille est bien placée pour entrer dans une des facs de l'Ivy League. Toute l'année, il a été question de tests d'admission, de visite des universités. Les élèves de terminale choisissent leur fac en fonction des équipes sportives, des héritages familiaux, du climat et du style de vie. Pas toi. Tu n'as pas accès à tout ça.

Tu gagnes ton argent en gardant des enfants ou en promenant des chiens puisqu'aucun magasin de la ville ne peut t'employer. Tu as eu trop peur pour demander un DACA[1] quand tu étais en droit de le faire. Tu as pensé que c'était encore un moyen de détecter les immigrés illégaux en leur proposant un permis de travail et deux ans d'existence semi-régulière. Tu avais peut-être raison, maintenant que le gouvernement a gelé le programme, qu'il sait où tout le monde se trouve et peut faire ce qu'il veut avec ces informations. J'ai compris que tu as cherché le moyen de faire entrer plus d'argent à la maison pour te payer des cours puisque maman te défend de travailler au noir dans un restaurant. Je ne m'attendais pourtant pas à voir ton ordinateur ouvert sur un site d'annonces de recrutement de filles pour Live cam. *Pas d'expérience requise. Vous ne devez pas avoir de réticence à montrer votre visage ni une nudité totale pour les abonnés qui ont payé. Vous travaillez en studio, ou dans le confort de votre propre intérieur.* Après dîner, quand maman est retournée dans la maison

---

1. *Deferred Action for Children Arrivals* (Action différée pour les arrivées d'enfants). Votée sous Obama, cette loi vise à protéger les enfants arrivés aux États-Unis de façon irrégulière avant seize ans, leur autorisant un moratoire de deux ans avant l'expulsion et la possibilité d'obtenir un permis de travail. L'administration Trump a cherché à mettre fin à ce programme en 2020, mais la Cour suprême a bloqué son retrait.

des patrons pour coucher Lance, je t'ai demandé pourquoi tu regardais ce genre de truc merdique.

— Je faisais juste des recherches. Je veux savoir quel type de travail est disponible pour quelqu'un comme moi, m'as-tu lancé.

Comme si c'était la chose la plus normale du monde. Comme si je t'avais surprise en train de mettre dans tes favoris des bourses de scolarité ou d'aide financière.

J'aurais voulu t'engueuler comme tu m'as engueulé l'été dernier quand j'ai commencé à discuter avec ces recruteurs qui sillonnent le centre commercial pour inciter les jeunes à s'enrôler dans l'armée. Tu m'as dit que notre mère mourrait de chagrin, elle ne m'avait pas mis au monde pour tuer ou être tué et on m'utiliserait comme chien d'appât, comme le pauvre mec à sacrifier. Le gouvernement le savait, tout le monde le savait, le seul qui ne le savait pas, c'était moi. « Tu es un artiste de talent, as-tu dit. Tu dois aller dans une école de dessin, utiliser tes dons et devenir excellent au lieu de les gâcher en apprenant à assassiner les gens. » Je n'étais pas sûr de te croire. Je n'en suis toujours pas sûr. Mais je n'ai pas discuté parce que tu es celle qui a fait de la bibliothèque ta seconde maison, qui dis que si tu ne vas pas à la fac, tu liras tous les livres sur les étagères, mémoriseras les récits et les mythes de ce pays, étudieras l'histoire que même les gens les plus instruits n'ont pas apprise ou ont oubliée, celle qui porte sur les lois écrites, désécrites et réécrites pour ceux qui viennent chercher ici une vie meilleure que celle qu'ils ont laissée chez eux et ceux qui ont été amenés ici quand ils étaient bébés, si bien que personne ne pourra dire que tu es ignorante de ton statut, si arbitraire soit-il, cette condition de sans-papiers dont ils parlent comme s'il s'agissait d'une maladie.

Toutes ces années, nous avons été en alerte face à l'administration, et tu es prête à te livrer, m'as-tu dit. Je t'ai laissée croire que tu avais eu le dernier mot, mais la vérité, c'est que je n'avais pas envie d'aller ailleurs. J'avais envie qu'on me persuade de rester.

25

Aux Palisades avec mon frère, j'ai remarqué des nuées de corneilles autour du bassin du fleuve. J'ai lu quelque part qu'on ne trouve guère de corneilles dans les estuaires et qu'elles préfèrent rester à l'intérieur des terres. Les gens s'émerveillent devant le miracle des instincts animaux qui commandent la migration lorsque la survie est en jeu. Hippopotames, zèbres et lions ont été importés en Colombie par des seigneurs de la drogue pour figurer dans leurs ménageries privées, puis abandonnés quand ont commencé les arrestations et les extraditions. Certains animaux sont morts de faim, d'autres ont trouvé un asile ; d'autres encore ont trouvé le moyen de rester en liberté et de peupler de leur descendance collines et vallées. Ils se sont adaptés et prospèrent sur des terres qui ne sont pas inscrites dans leur mémoire génétique. À moins de croire, comme notre père l'a raconté à notre mère il y a longtemps, que les premiers êtres créés ont circulé sur chaque centimètre de cette terre en affirmant que toutes les créatures y étaient chez elles.

Récemment, notre mère a été fascinée par l'histoire d'une Colombienne perdue dans la jungle amazonienne pendant près de quarante jours avec ses trois enfants. Les fruits qu'ils trouvaient avaient déjà été mangés par les animaux, ils ont donc creusé la terre pour y chercher des graines et des vers. Le jour, les singes leur jetaient leurs excréments. La nuit, ils se couvraient de brindilles et de feuilles qui n'empêchaient pas la pluie de les tremper et de les recouvrir parfois jusqu'au cou tandis que des insectes se faufilaient jusque dans leurs oreilles, leur nez et leurs yeux. La femme serrait ses enfants contre elle quand des créatures s'approchaient d'eux – hiboux, tatous, serpents, tapirs peut-être ou d'autres animaux dont elle ne connaissait même pas le nom. Dans les ténèbres de la nuit de la jungle, elle n'avait pas de certitude. Un jour, elle entendit le cri d'un jaguar – sans aucun doute possible – et se dit que leur fin pouvait être proche. Elle pria le ciel pour qu'il ne décèle pas leur trace et ne l'entendit plus jamais. Elle croyait que le *duende* de la forêt, qu'on disait amateur d'enfants métis, les avait égarés au point qu'ils ne puissent retrouver leurs propres empreintes, et qu'il les protégeait maintenant. Mais pas contre les tiques ni les vers qui se nourrissaient de leur sang et qu'ils retiraient de leurs pieds à vif et de leurs plaies ouvertes. Elle raconta son histoire une fois transférée à l'hôpital de Putumayo où ses enfants et elle furent soignés après qu'un pêcheur indigène les eut repérés en train de boire de l'eau sur la berge d'une rivière, maigres comme des fantômes, presque trop affaiblis pour se tenir debout, comme si la plus petite vaguelette risquait de les emporter. Ils souffraient de dénutrition, de déshydratation et d'infections parasitaires.

Ce qui semblait frapper le plus notre mère, c'était que cette femme ne s'était pas doutée que des centaines de volontaires, la police et des hélicoptères de l'armée fouillaient la jungle à leur recherche en vain, ni que ses enfants et elle s'étaient tant éloignés en essayant de sortir de cette forêt qu'ils avaient quitté l'Amazonie colombienne et étaient passés en territoire péruvien. Et lorsqu'ils furent retrouvés, le mari confessa qu'étant persuadé que la forêt lui avait pris sa famille, il avait déjà prévu son suicide.

Depuis des mois maintenant, nous avons aussi vu dans les médias des récits d'autres familles éclatées, d'enfants séparés de leurs parents à la frontière du Sud. Je n'ai dit à personne que je rêve surtout de ces enfants, que j'entends leurs cris, leur éventuel silence de capitulation, que je ressens la douleur de leur perte d'espoir et de leur ignorance. Dans mon sommeil, je suis l'un d'eux. Notre famille n'a pas traversé de désert ou de fleuve pour arriver ici. Nous sommes venus en avion, avec les bons papiers – invalides à présent. Ma vie, comme celle de ma sœur et de mon frère, est un accident, un effet secondaire de l'expérience géographique ratée de mes parents. Je me demande souvent si nous ne nous sommes pas trompés de vie et de pays ; si la raison pour laquelle je me sens si peu à ma place est que, comme les animaux des narcotrafiquants, je n'ai aucune mémoire biologique ni ancestrale de cet étrange paysage nord-américain, ni de ses saisons furieuses. Ces montagnes et ces rivières ne sont pas les miennes. Je me demande encore si j'ai été trahie par mon lieu de naissance, si c'est moi qui suis la traîtresse, ou si ce pays-ci et non un autre devrait être le balancier de notre famille.

Par-dessus le rebord de la falaise, j'ai regardé les trous d'eau en contrebas et ai songé aux vies prises par les rochers escarpés et les courants. J'ai crispé mes doigts sur le rocher qui me servait de siège, j'ai fermé les yeux, senti le vent s'enrouler autour de mon cou et imaginé ce que j'éprouverais si je me jetais dans le vide.

— Comment crois-tu que ça se passera quand elle sera là ? a demandé mon frère.

— On devra s'occuper d'elle. Lui expliquer les choses. Il faudra peut-être un certain temps pour qu'on s'habitue les uns aux autres.

— Tu crois qu'il va nous arriver quoi ?

— Avec Talia ?

— Avec tout le reste aussi.

Quand il aura vingt et un ans, mon frère pourra demander que le statut de notre mère soit révisé. En faisant cette démarche, il devra indiquer à l'administration où nous nous trouvons. Les risques encourus sont considérables. La demande peut être refusée, auquel cas elle et moi serions arrêtées. Je n'étais pas sûre que ce soit à cela qu'il ait fait allusion, aussi ai-je répondu ce que je réponds toujours quand on parle de notre avenir.

— Je ne sais pas.

Après quoi je me suis posé d'autres questions sans réponse : si je sautais de cette montagne, qu'annonceraient les titres ? *Une sans-papiers a fait une chute mortelle.* Mettrait-on mon nom dans le journal ? Décrirait-on ma vie comme une perte ou un gâchis ?

Si je n'étais pas tuée dans ma chute, quelqu'un se donnerait-il la peine de raconter comment j'avais survécu ? Je m'imaginais sauvée par quelque inversion de la force de gravité, par des ailes qui me seraient poussées, m'emportant loin d'ici, à la rencontre d'autres créatures migrantes, en route vers un lieu où nous nous sentirions davantage chez nous.

26

Quand Elena était enfant, sa mère lui avait raconté l'histoire du condor qui vivait au fin fond de la cordillère et se sentait si seul qu'il avait volé jusque dans la vallée pour y trouver une épouse. Il tomba sur une fille qui s'occupait de chèvres dans son jardin et lui demanda si elle voulait devenir sa femme. La fille répondit qu'elle aimait trop sa maison et ne pouvait envisager de la quitter, et que pour cette raison elle savait qu'elle ne se marierait jamais, ce qui ne la troublait guère car elle ne supportait pas l'idée de quitter ses parents. Le condor lui expliqua qu'il comprenait parce qu'il avait jadis eu des parents qu'il aimait, jusqu'au jour où ils s'étaient envolés, le laissant seul dans leur nid. Le lendemain, le condor revint et redemanda à la fille de l'épouser. Elle refusa de nouveau. Cette fois, le condor dit qu'il allait partir, mais auparavant il demanda à la fille de bien vouloir le gratter là où il avait une démangeaison douloureuse. Il se baissa pour qu'elle puisse atteindre le haut de ses ailes et gratter sous ses plumes, et lorsqu'elle s'exécuta, il prit son envol avec la fille cramponnée à son dos et retourna dans sa grotte des montagnes. Là, il arracha quelques-unes de ses plumes afin d'en parer la fille pour leurs noces. Dans la maison de celle-ci, les parents pleurèrent, inquiets du sort de leur enfant disparue. Un perroquet vert qui vivait non loin de chez eux entendit leurs plaintes, s'approcha et leur dit : « Si je peux vous ramener votre fille, promettez-vous de me laisser toujours manger les fruits de vos arbres et m'abriter dans votre jardin ? » Les parents acceptèrent et le perroquet partit à la recherche de la fille. Il la trouva en haut d'un pic très pointu, vivant avec le condor. Des plumes avaient commencé à lui pousser et elle avait donné naissance à des enfants mi-hommes, mi-oiseaux qui n'avaient pas vécu. Elle n'était plus humaine, mais différente. Pendant que le condor dormait, le perroquet raccompagna la fille dans sa famille. Après son retour, ses plumes tombèrent et elle redevint bientôt celle qu'elle était auparavant, calme et heureuse dans son foyer. Le condor, furieux, vint la chercher. Mais le perroquet attendait dans le jardin où il avait la permission d'habiter, et lorsque le condor essaya de le manger, il rassembla toutes ses forces et ressortit par l'autre extrémité du condor. Le condor essaya de manger le perroquct à maintes reprises, mais à chaque fois celui-ci s'échappa par l'autre extrémité, jusqu'à ce que le condor décide de le dépecer à la force de son bec et de ses serres et d'avaler les portions charnues ; chaque morceau traversa le corps du condor et ressortit sous la forme de plus petits oiseaux colorés. Et c'est ainsi que la terre fut peuplée de perroquets, depuis les aras rouges jusqu'aux petites perruches dorées que les gens aiment avoir chez eux en cage.

Au temps où ils vivaient chez Perla, Mauro se glissait parfois hors de son lit, prenant bien soin de ne pas réveiller Elena, et montait sur le toit fumer des cigarettes. Il pensait qu'elle ne s'apercevait de rien, mais Elena se réveillait toujours en sentant le vide qu'il laissait dans leur lit. Quand elle le suivait, elle voyait son regard perdu au-delà des lumières qui veinaient la montagne. Parfois, elle se bornait à l'observer et le laissait croire qu'il était toujours seul. Les fois où elle prononçait son nom, il la regardait avec une expression indéchiffrable.

Une nuit où Mauro avait quitté le lit – au pied duquel Karina était couchée dans un berceau –, Elena resta immobile dans la pièce, pensant à son propre père, un homme qu'elle n'avait connu que par les photographies que Perla avait ôtées de leur cadre et rangées dans un coffre qui ne devait jamais être ouvert. Dans ce même coffre, elle conservait les actes de propriété de la maison, les papiers bancaires, et une lettre d'une femme qui prétendait être la nouvelle épouse de son mari. Elena la découvrit un jour dans un placard, mais se garda bien d'en parler à sa mère. Quand elle eut ses propres enfants, Elena comprit qu'une femme a le droit d'avoir ses secrets.

Elle entendit Mauro descendre l'escalier quatre à quatre. Sans sa légèreté habituelle de danseur pour éviter de les réveiller, le bébé et elle. Il s'approcha de son côté du lit et la trouva réveillée.

— Elena, je l'ai vu. Avec ces yeux-ci. Je l'ai vu !

— Tu as vu quoi ?

Elle s'attendait à ce qu'il ait été témoin d'un accident de voiture ou d'un vol dans la rue d'en bas. Ce n'aurait pas été la première fois. Ou même qu'il ait aperçu un OVNI, car les journaux signalaient une recrudescence d'apparitions de boules de feu au-dessus des lignes de Nazca.

— Un condor qui a survolé notre *barrio*. Et quand il est passé à l'aplomb de notre maison, le vent l'a fait stationner au-dessus de moi et…

À bout de souffle, Mauro laissa tomber sa tête dans ses paumes. Quand il retira ses mains, Elena vit qu'il avait les yeux mouillés de larmes, et elle lui demanda de le lui montrer.

Ils se précipitèrent tous les deux sur le toit, mais il n'y avait pas de grand oiseau. Pas même d'étoiles. Seulement des nuages voilant le ciel.

— Il n'y a pas de condors dans la ville, Mauro.

— J'en ai vu un. Il faut me croire.

Elle voulait proposer une explication logique pour rendre cette apparition plus plausible et dit qu'il pouvait s'agir d'un condor échappé du zoo ou d'un oiseau venu du parc naturel de Chingaza, que le vent avait fait dévier de sa trajectoire. Mauro avait déjà parlé des condors. Il avait raconté un jour à Elena qu'il était monté à Ciudad Bolívar avec un ami et qu'ils avaient vu des garçons tirer sur un condor qui planait au-dessus d'un escarpement, mais qu'il avait échappé à leurs balles. Elena n'avait pas cru cette histoire, même si, enfant, elle avait fait comme si Bogotá n'était pas une ville mais une jungle aussi dense que la Manigua de Caquetá, comme si les parois de brique des immeubles étaient de l'écorce et les hurlements des sirènes de police, les cris des singes et des oiseaux.

À l'école, elle avait appris que les condors préfèrent les prairies ouvertes où ils peuvent se nourrir facilement et s'élever à des kilomètres sans un battement d'ailes. Ils étaient rares car ils étaient non seulement le symbole national de la liberté et de la souveraineté et les plus grosses créatures volantes de la terre, mais on les considérait aussi comme les gardiens du monde d'en haut, sacrés et immortels. Leur population diminuait à cause des empoisonnements et des chasseurs qui recherchaient leurs os, leurs plumes et leurs organes, auxquels on attribuait des vertus curatives.

Cette nuit-là, devant le scepticisme d'Elena, Mauro lui demanda pourquoi il était si difficile de croire que le condor pouvait être revenu dans la ville. C'était son territoire avant que l'homme ne l'ait occupé, après tout.

— Peut-être est-il revenu nous rappeler ce que nous lui avons volé.

Des années plus tard, peu avant le jour où Mauro fut expulsé, il appela Elena du centre de détention et lui demanda si elle se rappelait la nuit où il avait vu le condor voler au-dessus de leur toit. Elle lui dit que oui.

— Sais-tu que lorsqu'un condor est vieux ou malade, il se force à voler plus haut qu'il ne l'a jamais fait, puis il se laisse tomber du ciel pour mettre un terme à sa propre vie ?

— Je ne le savais pas.

Elle se souvenait que lorsqu'ils étaient retournés dans leur chambre après avoir cherché des signes du condor, ils étaient restés près du berceau de Karina à la regarder dormir. L'absence de ses parents ne l'avait pas réveillée. Mauro chuchota alors qu'un condor, qui pouvait vivre aussi longtemps qu'un être humain, était fidèle à une seule partenaire pour toute sa vie. Ensemble, ils nichaient sur des falaises impénétrables, partageaient la couvaison et faisaient pour leur famille un nid qu'eux seuls pouvaient atteindre.

Les amis d'Elena la prévinrent que lorsqu'un enfant et sa famille sont réunis après tant d'années de séparation, la distance et le temps peuvent être plus difficiles à combler que les uns et les autres ne l'imaginaient. Ils l'avertirent qu'il était irréaliste de s'attendre à ce que sa fille lui soit attachée d'emblée, ou à ce que l'entente avec son frère et sa sœur soit immédiate lorsqu'elle arriverait. Elle essaya de se préparer à différents scénarios. Elle savait que, lorsque Talia atterrirait, elle risquait de se sentir dépassée par le déluge d'anglais, le climat instable et de se sentir si loin de la ville et des montagnes auxquelles elle était habituée qu'elle risquait de finir par supplier qu'on lui achète un billet de retour, aussi Elena mit-elle de côté de l'argent pour cette éventualité. Elle ne refuserait pas à sa fille le droit de retourner en Colombie, comme elle se l'était refusé à elle-même. Elle savait que sa fille aurait du mal à quitter les bras de Mauro et acceptait le fait qu'après tant d'années de séparation, Talia aimait sans doute beaucoup plus son père qu'elle.

Elle se reprochait d'avoir fait de ses propres enfants des personnes déplacées, surtout ses filles Karina et Talia, chacune entre deux nationalités, nées dans un pays et élevées dans un autre comme des fleurs rempotées, des créatures obligées de vivre dans un habitat qui n'était pas le leur. Elle avait regardé grandir la fille qui lui était née dans le Delaware par le truchement de photographies et d'appels téléphoniques. Sa voix lui était toujours nouvelle quand elle lui parlait. Ses autres enfants avaient perdu une grande partie de leur espagnol et parfois Elena imaginait que c'était Talia, l'enfant qu'elle n'avait pas élevée et qui cependant avait grandi dans la maison de sa mère, qui la connaissait le mieux.

Quand Karina et Nando étaient petits et vivaient à l'étroit dans des sous-sols, ils demandaient à Elena pourquoi ils n'avaient pas une maison à eux comme les familles à la télévision.

— Nous en avons une, leur répondait-elle, mais nous n'y habitons pas parce qu'elle est très loin.

— Mais pourquoi ? demandaient-ils encore et encore.

— Parce que nous habitons ici, répondait-elle, souhaitant qu'il y ait un moyen de leur faire comprendre ce qu'elle-même ne parvenait pas à saisir.

Elle n'avait jamais été sûre d'avoir pris la bonne décision en restant. Elle finit par admettre qu'en matière de migrations, même accidentelles, aucun choix n'est plus moral qu'un autre. Seul existe le chemin qu'on trace. Tout autre serait tout aussi bon ou mauvais.

Ces derniers temps, lorsqu'elle avait Mauro au téléphone, il lui disait qu'à l'étranger, les médias montraient les États-Unis comme un pays ravagé par des massacres entre civils aussi épouvantables, plus peut-être, que ceux survenus à la pire époque de la guerre civile en Colombie. Des massacres où des citoyens américains ordinaires étaient plus lourdement armés que ne l'avaient jamais été les guérilleros ou les paramilitaires. Et étaient-elles vraies, demandait-il, ces histoires de villes où l'eau du robinet était contaminée, d'enfants tués par la police en toute impunité, de communautés qu'on laissait se défendre elles-mêmes contre des catastrophes naturelles aussi graves que les tremblements de terre et les coulées de boue qui affectaient la Colombie ? Comment les gens pouvaient-ils encore considérer Gringolandia comme une sorte de terre promise, sachant ce qui s'y passait ?

Elle se rappelait rarement le moindre danger lorsqu'elle pensait à son pays natal. Les mensonges tiennent souvent compagnie à la nostalgie. Mais ce n'était pas anodin qu'elle n'ait jamais été atteinte de quelque façon que ce fût, et qu'elle n'ait jamais dû se cacher de quiconque comme elle y était contrainte aux États-Unis. Son lieu de naissance avait son propre sectarisme, ses inégalités, son terrorisme, ses marées noires, ses eaux contaminées et sa pauvreté, comme dans le Nord. Cela dit, toutes les nations des Amériques ont une histoire cachée de violence interne. Et cette violence portait juste des masques différents, avait des armes différentes et se justifiait avec des histoires différentes. Ce pays était-il plus sûr qu'un autre ? Offrait-il plus d'avantages ou de débouchés ? Impossible de le garantir à Mauro ni à quiconque. Plus maintenant. Elle voulait seulement accueillir Talia avec l'amour qu'elle avait conservé intact pendant quinze ans. Sa fille avait deux pays qu'elle pouvait appeler les siens. À elle de choisir celui qui le deviendrait effectivement. Si elle décidait de partir, Elena se jura en silence de laisser sa fille libre de le faire.

Elle s'était bercée du fantasme de voir sa famille réunie dans le Nord. Maintenant que sa cadette devait arriver dans quelques jours, un nouveau rêve prenait forme, celui de retourner en Colombie avec ses enfants, peut-être le jour auquel ils aspiraient depuis des années : celui où ils auraient le droit de circuler librement, de suivre la route entre leurs deux nations sans craindre la détention ou l'exil. Ce jour-là, elle voyait Mauro les attendre à l'aéroport, prêt à les envelopper de ses ailes.

27

À l'horizon de la savane apparut la ville de Talia. Harmonie inattendue des bâtiments ocre foncé, avenues de la couleur des éclats d'obus luisant sous la pluie récente. Installée derrière Aguja, elle le guida en approchant les lèvres de son oreille. Ils passèrent devant la vieille maison barricadée et tapissée de permis de construire. Une affiche annonçait la démolition imminente. Elle l'orienta jusqu'à l'adresse où elle vivait actuellement avec Mauro, un appartement au troisième étage, face à celui de la veuve qui partageait ses plats mijotés avec ses voisins. Aguja gara sa moto sur le trottoir. Talia n'avait pas de clé, aussi appuya-t-elle sur la sonnette de l'immeuble, mais l'appel resta sans réponse. Il ne lui restait plus qu'à attendre que son père rentre du travail et espérer qu'entre-temps, personne ne la reconnaisse.

Ils allèrent dans un parc à quelques pâtés de maisons de là. Sur un banc voisin, un couple âgé donnait des miettes aux pigeons à leurs pieds. De l'autre côté de la *plaza*, une jeune femme promenait un bébé dans sa poussette. Talia ne connaissait aucune de ces personnes, mais se sentit intensément liée à elles, rivée au banc de bois, au béton sous ses pieds. Un sentiment d'incomplétude dans sa vie l'avait poussée jusqu'ici, mais elle se demandait maintenant si elle n'était pas destinée à vivre n'importe où sauf à Bogotá.

— C'est grâce à toi que je vois notre capitale pour la première fois, indiqua Aguja.

— Alors, qu'est-ce que tu en dis ?

— Avec une circulation et une pollution pareilles, je comprends mieux pourquoi tu as envie de partir.

— Ce n'est jamais ça qui m'a gênée ici.

Ils retournèrent à l'immeuble à la nuit tombée. Une lumière à la fenêtre du salon brillait comme un feu. Elle sonna à nouveau et cette fois-ci, la voix de son père répondit très vite à l'interphone. *Papá* fut tout ce qu'elle eut besoin de dire. Quelques secondes plus tard, la porte s'ouvrait et il serrait sa fille sur sa poitrine, ne l'écartant que pour pouvoir toucher son visage, la tenir par les épaules, scruter ses yeux et s'assurer qu'elle était saine et sauve, inchangée, l'enfant qu'il connaissait. En essayant d'étreindre son père de toutes ses forces, elle se rendit compte à quel point elle était faible, épuisée, affamée. Elle se détourna pour lui présenter Aguja. Son père eut l'air inquiet, puis il la comprit sans mot dire, serra la main d'Aguja, le remercia d'avoir aidé Talia et l'invita à entrer. Aguja répondit qu'il savait qu'ils n'avaient qu'un temps limité à passer ensemble et ne voulait pas jouer les intrus ; et de toute façon, il devait rentrer à Barichara.

Talia lui avait déjà donné ce qu'elle avait promis, mais elle fut contente de voir son père sortir son portefeuille et tendre à Aguja tous les billets qu'il y avait dedans pour qu'il s'achète de l'essence et de quoi manger pour le voyage de retour. Elle le laissa pour reconduire Aguja jusqu'à sa moto. Il se glissa sur le siège. Elle résista à la tentation de monter en croupe. Portant ses mains au pendentif autour de son cou, elle le remercia de l'avoir conduite à bon port.

— Si tu repasses un jour à Barichara, demande à me voir.

Il lui tendit la main, mais elle s'approcha pour l'embrasser sur la joue, rugueuse de barbe, collante de sueur. Elle n'oublierait pas son odeur.

— Tu t'en sortiras, *niña*. Fais comme si tu conduisais sur ces routes de montagne : si tu veux voir ce qu'il y a devant toi, ne passe pas ton temps à regarder ton rétroviseur.

C'était un sentiment nouveau. La prise de conscience que quelque chose touchait à sa fin et qu'autre chose commençait. Sa dernière nuit chez elle avec son père. Le seul endroit qui avait été vraiment chez eux, et non la maison de sa grand-mère, qui avait été laissée à sa mère. C'était l'appartement que louait Mauro, avec deux petites chambres, un coin pour s'asseoir et une cuisine avec la place d'une petite table. Ils y habitaient depuis un an déjà, mais avaient toujours l'impression qu'il n'était pas taillé pour eux, qu'il les gênait déjà aux entournures avant même qu'ils ne s'y installent : un endroit sans souvenirs, du moins jusqu'à ce soir où, brusquement, elle eut l'impression que c'était le seul foyer dont elle aurait jamais besoin.

Il lui prépara l'un de ses repas simples. La chaleur du poêle emplissait tous les recoins de l'appartement. Elle prit une douche pour se débarrasser de journées de crasse, s'assit sur son lit après avoir passé des vêtements propres, tandis que la valise que son père lui avait préparée était posée près de la porte. Elle pensa aux endroits où elle avait dormi pour arriver jusqu'à cette nuit, se souvint de la prison-école, des religieuses qui, lui dit son père, avaient téléphoné à maintes reprises pour demander si elle l'avait rejoint. Son retour chez lui était un secret qu'ils devraient garder l'un comme l'autre. Il ne demanda pas les détails de son évasion. Il resterait dans l'ignorance des choses qu'elle avait faites, des mensonges qu'elle avait racontés, de ce qu'elle avait volé. Des souvenirs dont elle espérait qu'ils iraient s'écraser au sol dès que son avion aurait quitté leurs montagnes et traversé l'océan.

Tout en mangeant, elle observa son père, cet homme à la fois jeune et vieux. Il avait maigri pendant son absence. Dans les creux, sa peau avait foncé. Après son départ, il continuerait à se transformer de plus en plus sous l'effet du temps et de l'âge. Elle souhaitait le garder en mémoire tel qu'il était maintenant.

Il ne voulait pas qu'ils soient tristes pendant cette soirée, la dernière avant le départ de Talia. Il mit de la musique et la tira du canapé pour la faire danser comme il le lui avait appris lorsqu'il était venu habiter chez Perla, mettant les petits pieds sur ses orteils à lui jusqu'à ce que le corps de l'enfant découvre instinctivement le rythme.

Elle était morte de fatigue, mais ne voulait pas dormir et aurait aimé pouvoir monter sur le toit de chez Perla pour dire adieu aux lumières de la ville. Dans leur petit appartement sans levers ni couchers de soleil, ils n'avaient que leurs petites fenêtres avec vue sur la rue.

Lorsqu'elle se réveilla, il faisait encore nuit. Elle alla dans la chambre de son père et le vit dormir, couché sur sa couverture, les mains croisées sur sa poitrine comme un homme à ses propres funérailles. Elle eut envie de le réveiller pour qu'il lui raconte encore l'histoire de Chía, la gardienne de la nuit. Elle aurait aimé lui demander si la déesse veillerait encore sur elle quand elle serait si loin de leur pays, mais elle le laissa dormir.

28

Ils n'étaient qu'un père et sa fille comme tant d'autres dans un terminal d'aéroport empli d'adieux. Ils entrèrent comme deux conspirateurs, calmes, essayant de masquer leur crainte qu'elle ne se fasse arrêter. La police patrouillait. Des chiens dressés flairaient les bagages. Elle savait d'après les programmes de télévision qu'ils étaient entourés de caméras cachées. Ils s'approchèrent du guichet d'enregistrement. Quand son tour arriva, elle tendit son passeport bleu. À quinze ans, elle avait l'âge de ne plus voyager en tant que mineure non accompagnée. La préposée regarda Mauro par-dessus ses lunettes et demanda quel était leur lien de parenté.

— Je suis son père.

Il tendit sa carte d'identité pour qu'elle puisse comparer leurs noms de famille.

— Qui vous attendra à votre aéroport d'arrivée ? demanda-t-elle à Talia.

— Ma mère.

Dans son sac, une enveloppe d'argent liquide que son père avait retiré à la banque. Le cœur de Talia palpita lorsque l'employée scruta la photo de son passeport avant de scanner le code-barres. Talia avait vu assez de films pour écrire elle-même la scène où elle serait entourée de policiers surgis brusquement pour la menotter et l'emmener. Mais rien de tel ne se produisit. La femme lui rendit son passeport après y avoir glissé une carte d'embarquement et lui souhaita bon voyage.

Soulagement. Temporaire cependant, car il lui fallait encore passer la douane et les contrôles de sécurité. C'était la première fois qu'elle le faisait depuis son arrivée bébé. Le cœur lui manqua. Adieu l'assurance calme à laquelle elle s'était entraînée dans le taxi qui l'avait amenée à l'aéroport, étreignant la main de son père posée entre eux sur la banquette en vinyle. Mauro dut sentir ce changement car il la conduisit près d'une colonne dans le couloir, la serra contre lui et lui chuchota qu'elle était en sécurité, que personne n'allait l'emmener. Elle monterait dans cet avion et d'ici quelques heures elle serait dans les bras de sa mère.

— Et si je veux revenir ?

— Tu pourras. Il y a deux pays où tu es chez toi.

Un au revoir est toujours trop bref, ou peut-être disait-elle cet au revoir depuis qu'elle était entrée en Colombie, consciente depuis les premiers moments enregistrés dans sa mémoire qu'elle n'y était qu'à titre provisoire.

— Et si je n'aime pas ma mère comme je t'aime toi ?

— Bien sûr que si, tu l'aimes. Quand tu la verras, tout ton amour te reviendra.

— Et mon frère et ma sœur ?

— Ils font partie de toi eux aussi.

— Je ne veux pas partir. (La phrase venait d'une profondeur inconnue, mais elle était totalement authentique.) Ne me laisse pas te quitter.

Son père garda le silence. Il savait que si elle restait, les autorités viendraient la chercher et la renverraient à l'école dans la montagne ou dans une autre semblable. Et même après avoir purgé sa peine, elle ne connaîtrait pas de répit tant qu'elle ne serait pas retournée sur les lieux de son origine. Elle ne pouvait pas partir, mais elle ne pouvait pas rester.

Mauro avait les yeux secs, pourtant elle savait que c'était parce qu'il avait appris à pleurer sans larmes. Ils se dirent tout ce qu'un père et sa fille peuvent se dire lorsqu'ils ne savent pas quand ils se reverront, ni dans quelles circonstances.

Combien d'années s'écouleraient entre ce moment-ci et ce moment-là ?

Quels changements la séparation produirait-elle en eux ?

Elle se sentait déjà vieillie par cette journée. Elle avait l'impression de ne plus avoir quinze ans, mais dix de plus, et d'avoir compris – comment, elle l'ignorait encore – que ce serait la matinée dont elle rêverait et qu'elle garderait au creux de ses paumes, comme une perle détachée de son collier, lors de sa solitude future.

Comme elle avait été sotte de s'imaginer que partir serait facile et qu'il suffirait de tendre son billet et de trouver un siège dans l'avion. Elle ignorait encore que cette matinée lui serait aussi douloureuse qu'un deuil.

Mauro la regarda aussi longtemps que le périmètre de l'aéroport le lui permit. Lorsqu'elle arriva en tête de la file d'attente et donna son passeport à l'agent des douanes, elle se retourna et vit son père la regarder du coin de la dernière portion visible du tunnel de l'aéroport. Il fallait qu'elle poursuive son chemin sans lui. Il resterait à l'aéroport jusqu'à ce que son avion soit dans les nuages, avait-il dit. Elle avait programmé son téléphone de façon à déclencher un appel au numéro de Mauro avec un seul clic si elle était mise en détention. Ils avaient envisagé les pires éventualités et s'y étaient préparés au mieux, mais tout se passa plus vite que prévu. Le préposé fit signe à Talia de passer. Au contrôle de sécurité, alors que d'autres passagers étaient arrêtés pour qu'on fouille leur sac individuellement, elle passa sans problème. Elle avait perdu son père de vue, mais elle sentit qu'il était toujours là, près d'elle.

De son hublot, elle vit la cité se dévider, se dissoudre comme du sable dans l'eau. La folie splendide des cordillères, les vallées vert bouteille dévorées par les nuages cotonneux jusqu'à ce qu'il n'y ait plus rien que du blanc, encore du blanc. Lorsque le pilote annonça qu'ils avaient quitté l'espace aérien colombien, un homme à quelques rangées de sièges derrière elle entonna l'hymne national, mais n'alla pas plus loin que le premier couplet où il est question du bien qui pousse dans les sillons de la douleur : il n'arriva pas aux batailles et aux bains de sang. Lorsqu'ils survolèrent les rubans bleus des Caraïbes, elle réussit à dormir. À son réveil, l'avion vibrait en descendant vers une autre ville grise. Pas de montagnes. Seulement des terres plates empennées de rivières d'obsidienne prises dans une gangue de béton et d'acier.

La veille, elle avait dit à son père qu'elle avait peur que sa famille et elle ne se reconnaissent pas à l'aéroport.

— Tu les reconnaîtras quand tu les verras et eux aussi te reconnaîtront.

Elle passa sans encombre à travers les contrôles de l'immigration et la salle de récupération des bagages, devant un autre préposé qui prit sans poser de questions le formulaire qu'elle tenait à la main, et arriva dans un hall empli de visages excités, de gens dont beaucoup tenaient des pancartes, des ballons, des bouquets.

« Comment me reconnaîtront-ils ? » avait-elle demandé à son père, eux qui n'avaient vu son visage que circonscrit à l'étroit périmètre d'une photo ou d'un écran.

Comment me reconnaîtront-ils ?

À la fin, qui fut aussi un commencement, la reconnaissance eut lieu au-delà des traits et des gestes. Un amour né avant quiconque de la fratrie, et qui la renvoya de son père à sa mère.

La mère serra son enfant contre elle : l'une comme l'autre voulaient tout exprimer dans cette étreinte. Elle sentit la force des bras de sa mère autour de ses côtes : elle était plus petite que Talia ne l'avait imaginée. Son parfum – poudre, violettes, et quelque chose d'autre – à la fois familier et nouveau. Ses boucles d'oreilles s'enfoncèrent dans la joue de sa fille tandis qu'elle chantonnait *mi hija, mi hija*, comme une mélopée.

Son frère et sa sœur firent écran aux autres avec leur corps.

Pour accueillir Talia, les patrons d'Elena avaient mis à la disposition de leur employée une grande voiture avec chauffeur qui les attendait à l'extérieur de l'aéroport. Sa sœur et son frère se parlaient à voix basse en anglais sur la banquette arrière. Sa mère s'assit à côté d'elle, lui tenant la main, et se pencha pour l'embrasser sur la joue. Talia se raidit, se souvenant qu'elle était dans une voiture pleine d'inconnus qui étaient aussi sa famille. Ils lui dirent que le lendemain, il y aurait une fête pour elle chez des amis de la ville où ils avaient vécu de nombreuses années. Tout le monde avait hâte de la rencontrer.

Elle enregistra le paysage du New Jersey, plat et traversé de quatre-voies. Tant de voies et de voitures, des bâtiments carrés et un horizon brumeux. Loin de la Colombie avec son pouls équatorial et ses montagnes en clocheton. Elle s'efforça de retenir ses larmes, mais elles coulèrent en abondance.

Sa mère lui caressa les cheveux.

— C'est trop, dit-elle. J'aurais dû m'en douter. Nous allons prendre notre temps. *Tranquila, mi amor. No llores.*

Ils habitaient dans une petite maison derrière une plus grande. Entre les deux, il y avait une piscine.

Lorsque la voiture s'arrêta dans l'allée, elle vit un garçon les observer d'une fenêtre. On lui montra sa chambre qu'elle partagerait avec sa sœur : des murs peints couleur albâtre, des fenêtres donnant sur des massifs de roses, pas de panorama de briques comme celui qu'elle avait quitté le matin même. Comment dormirait-elle ici, une nuit, dix nuits, les centaines ou milliers de nuits qui se déploieraient devant elle sur le calendrier sans fin des jours passés dans l'attente, l'attente d'elle ne savait quoi ? D'un autre départ ? D'une autre arrivée ? Elle n'était plus sûre de l'endroit où commençait son voyage, ni de celui où il devait se terminer.

29

Mauro attendit à l'aéroport pendant presque douze heures, longtemps après le décollage de l'avion de Talia et son atterrissage dans l'espace étranger. Elle appela une fois arrivée dans sa nouvelle maison, la voix chargée d'incertitude tout en répétant : « C'est beau, ici, papa, très beau. » Elle croyait que son père était de retour dans l'appartement, mais il était toujours au poste de contrôle où il l'avait quittée, à regarder d'autres familles partager les dernières secondes avant de se séparer. Pendant les premières heures, malgré le réconfort de savoir qu'elle n'avait pas été arrêtée, il s'était inquiété à l'idée d'une possible défaillance technique ou même d'une alerte à la bombe, d'une raison pour laquelle l'avion ferait demi-tour et regagnerait son point de départ. Même après que les employés de l'aéroport lui eurent dit que l'appareil avait atterri sans encombre aux États-Unis, il attendit sur un banc en plastique, habité par le souhait honteux qu'elle ait décidé de ne pas accompagner sa famille chez elle et de prendre le premier vol pour revenir auprès de lui.

Ces idées lui vinrent avec le premier chagrin de la séparation. Il connaissait bien ces fantasmes, depuis leur première apparition lorsque sa mère l'avait expédié au *campo*, chez Tiberio, jusqu'au moment où il s'était retrouvé dans le centre de détention et quand les Américains l'avaient renvoyé seul dans son pays. Sa fille l'avait quitté, mais elle lui revenait dans son sommeil, lui demandant de lui conter des histoires sur le lac, sur Chiminigagua, sur leurs ancêtres, le suppliant de les apporter quand il viendrait la voir dans le Nord.

Au début, elle appela souvent. Tous les jours. Parfois deux fois, le matin et avant de se coucher : des discussions affectueuses sur sa mère, son frère et sa sœur. Elle soupçonnait sa mère d'avoir un peu peur d'elle. Non parce qu'elle pourrait être dangereuse, mais parce qu'elle la voyait comme un objet fragile, une pièce de musée vieille de plusieurs siècles et qui aurait fait l'objet d'un prêt entre deux nations.

Elle lui raconta que son frère et sa sœur l'emmenaient en excursions : à Manhattan, où elle se sentait oppressée par les foules et les bâtiments plus hauts que leurs montagnes les plus hautes, où les vibrations du métro lui rappelaient les tremblements qu'elle ressentait parfois sous ses pieds à Bogotá, comme lorsque Chibchacum ajustait sa charge sur son dos ; et à la plage, vaste comme une prairie, très fréquentée, avec un sable rugueux semé de mégots, et l'eau de l'Atlantique, noire d'encre et froide.

Son anglais s'était amélioré, n'étant plus limité à la télévision et aux dialogues de films. Sa sœur était devenue son professeur et lui faisait lire tout haut chaque soir des pages de romans. Le week-end, sa famille l'emmenait dans l'autre ville où vivaient de bons amis et, là aussi, les adultes la traitaient comme si elle était un objet à part, précieux et symbolique, comme une émeraude nichée dans de l'or. Elle se tracassait à l'idée qu'ils n'avaient pas encore compris qu'elle était ordinaire, dit-elle à son père : exceptionnelle seulement dans sa capacité à faire du mal et à s'enfuir ; et elle redoutait que quelqu'un n'apprenne son forfait et son séjour dans la prison-école, et n'en parle à sa mère.

Ce qui était bizarre, expliquait-elle, c'était qu'à la maison, elle avait l'impression d'avoir mille choses à dire, tandis que dans son nouveau pays, tout le monde la trouvait très silencieuse. Elle avait même entendu sa mère la décrire comme une fille timide. Elle se demandait avec inquiétude si elle n'avait pas laissé chez son père celle qu'elle était vraiment et si la fille qui s'était envolée aux États-Unis à sa place n'était pas quelqu'un d'autre, bien qu'elle portât le même nom.

Quelques semaines après son départ, Mauro reçut un appel de la police, qui avait appris que Talia avait quitté le pays. Les services connaissaient le jour et l'heure de son départ. Pourvu qu'ils n'aient pas vérifié les enregistrements des caméras de sécurité les montrant ensemble à l'aéroport lorsqu'il se préparait à lui dire au revoir, songea Mauro. Il réussit à feindre d'accuser le coup et la police parut le croire, d'autant que c'était Elena qui avait payé le billet d'avion. On lui demanda s'il avait eu des nouvelles de sa fille. Il dit que non. Savait-il comment joindre Elena ? Il prétendit n'avoir pas eu de nouvelles depuis des années. Si bien que l'appel vira à la compassion.

— Je suis navré d'avoir eu à vous apprendre cette mauvaise nouvelle. Maintenant que votre fille a quitté le pays pour rejoindre sa mère, vous ne les reverrez peut-être plus jamais ni l'une ni l'autre.

Elena téléphona à Mauro pour le remercier de la statue de la Vierge qu'il avait envoyée, pour les photos et la lettre qu'il avait mises dans la même enveloppe. Il attendit qu'elle parle davantage, mais elle n'ajouta rien. Puis elle le remercia pour les années où il avait pris soin de Talia. Dit que chaque jour était une révélation de sa personnalité de jeune femme. Malgré la distance et les années de séparation, Elena avait réussi à se persuader qu'elle connaissait bien leur fille. Maintenant, elle se rendait compte que l'enfant qu'elle avait imaginée était une fiction. La fille qu'Elena découvrait était plus intelligente, plus sage, aussi belle et autonome qu'une fleur sauvage.

Sans Talia comme trait d'union, Mauro craignait que les liens l'unissant à Elena ne se délitent complètement. Il sentit l'urgence rompre ses digues en lui.

— Je trouverai un moyen de revenir.

Il ne savait pas si elle avait compris, ou même si elle allait le croire. Il espérait seulement que s'il réussissait à passer de l'autre côté, elle serait là à l'attendre.

L'appartement était prêt à recevoir ses prochains occupants. Les cartons avec les quelques objets qui comptaient pour eux étaient dans un container de stockage dont Mauro avait payé d'avance une année de loyer. Après le départ de Talia, il avait fait des mois de recherches. Assez de temps s'était écoulé depuis son expulsion pour qu'il puisse légalement refaire une demande d'entrée. Il remplit les papiers et obtint un rendez-vous à l'ambassade américaine, ce qui lui donna l'espoir que ses délits passés pouvaient être amnistiés. Il prit sa journée, revêtit ses plus beaux habits, apporta un dossier de photographies de sa famille et des copies des certificats de naissance de Nando et de Talia. Il dit à l'agent consulaire qu'il avait deux enfants nés aux États-Unis et que son expulsion avait mis leur mère en grave difficulté. Il avait lu l'histoire d'un père renvoyé au Nicaragua dans une situation familiale analogue et qui, grâce à l'aide d'un groupe de soutien, avait obtenu une dispense spéciale. Mais Mauro savait qu'aucun groupe ne l'attendait de l'autre côté, et qu'il n'avait plus rien en Colombie pour prouver qu'il avait un motif d'y rentrer. Sa demande fut refusée. Il pouvait la renouveler, dit l'agent, ou attendre que ses enfants américains aient l'âge de demander un visa de parent[1], mais à cause des arrestations figurant sur le dossier de Mauro, il était peu probable qu'une nouvelle autorisation d'entrée lui soit accordée.

---

1. *Parent visa*. Le visa IR-5 est destiné aux parents d'un citoyen américain solvable d'au moins vingt et un ans et résidant aux États-Unis qui en fait la demande pour eux, et leur donne la possibilité de vivre et de travailler toute leur vie aux États-Unis.

Il envisagea d'autres voies potentielles d'accès aux États-Unis. D'abord en passant par le Canada ; mais il exclut cette solution quand il apprit que les deux pays partageaient les informations d'immigration. Un vol pour la Jamaïque ou les Bahamas ne nécessitait pas de visa pour les Colombiens. Ou un voyage par bateau jusqu'au Panamá en passant par la jungle du Darién et les îles San Blas, puis par car et train pendant le reste du trajet vers le nord. Plus il regardait ces frontières sur les cartes, plus il semblait absurde que des gens de l'extérieur aient réussi à se déclarer possesseurs de ces terres, en établissant des frontières nationales, comme si la Création pouvait être divisée et possédée.

Le meilleur itinéraire, et le plus sûr, était celui qui passait par le Mexique. Aux réunions des AA où il se rendait chaque soir depuis le départ de Talia, il avait fait la connaissance d'un homme qui avait réussi à traverser le désert de Chihuahua mais était finalement retourné en Colombie parce que sa femme et son enfant, qu'il avait laissés au pays, lui manquaient trop. Il avertit Mauro que le voyage était physiquement éprouvant. *Si tu pars par là, repose-toi pendant plusieurs jours avant d'entreprendre le voyage. Quand tu seras prêt, habille-toi comme un monsieur qui va à l'église et récite mille rosaires. Quand tu auras fini, tu seras de l'autre côté.*

Pendant des mois, il économisa sur sa nourriture pour mettre des pesos de côté. Vendit à des touristes au marché aux puces les ponchos et les babioles que Perla avait laissés dans sa maison, et fit autant d'heures supplémentaires qu'il le put à son travail.

Il rendit l'appartement à son propriétaire. Acheta deux billets d'avion. Un pour Panamá, et un autre de là jusqu'à Mexico. L'homme qui était passé par le désert lui dit que de la capitale, il devait se diriger vers la frontière et attendre dans une ville appelée, si incroyable que cela puisse paraître, Colombia. Un homme de sa connaissance aiderait Mauro à traverser. Entrer aux États-Unis sans inspection ni admission, comme disent les lois sur l'immigration, pouvait lui valoir une interdiction d'accès définitive.

Le coup valait la peine d'être tenté, décida Mauro, ne fût-ce que pour voir sa famille une dernière fois.

Par un matin frais et humide, il se retrouva à l'aéroport où il avait serré sa fille contre lui avant qu'elle ne parte pour sa nouvelle vie. Il attendit d'embarquer seul pour son propre vol, cette fois en homme libre et non en prisonnier comme lorsqu'il avait été renvoyé dans son pays d'origine. Talia ne savait pas encore qu'il venait. Il n'avait pas voulu évoquer ses projets, craignant que son voyage ne soit interrompu et qu'on ne l'oblige à retourner à Bogotá et à revenir à la case départ.

Il n'était considéré comme un criminel dans aucun pays hormis celui où vivait sa famille. Il serait en sécurité jusqu'à la frontière. Ensuite, il verrait jusqu'où l'accompagnerait sa chance. D'ici là, il gardait une nouvelle image présente à l'esprit : Nochebuena. Leur premier Noël au complet en famille. Elena et lui préparant un repas ensemble pour leurs trois enfants, chantant les chansons d'autrefois, dansant comme avant. S'endormant l'amour au cœur.

Le matin suivant, l'un des milliers grâce auxquels ils répareraient les années arrachées aux pages de leur album de famille, ils créeraient de nouvelles histoires pour remplacer les élisions. Finie, l'angoisse du temps perdu. Rien ne compterait plus que chaque nouveau jour et ceux à venir ensuite.

30

J'ai entrepris d'écrire la chronique de nos vies car il est important d'en laisser une trace. Pour nous sinon pour d'autres, car chacun a un moi secret plus vrai que les parties qu'il donne à voir.

Un jour de début septembre, avant qu'elle ne fasse sa rentrée dans son nouveau lycée, j'ai vu ma sœur assise avec notre mère dans le jardin près du tertre au bord du ruisseau. À la façon dont elles se faisaient face, au regard de ma mère rivé sur elle tandis que celui de Talia explorait les alentours et se reportait souvent sur les tiges d'herbe qu'elle tenait entre ses doigts, j'étais sûre que ma sœur confessait ce qu'elle m'avait déjà raconté, l'acte qu'elle avait commis en Colombie, pour lequel elle avait été envoyée dans une prison pour mineures au bord de l'irréparable, et son désir de garder cela à jamais secret car elle croyait que nous ne pourrions plus l'aimer à cause de sa faute, même quand je lui ai dit que je comprenais : nous traversons tous des moments difficiles, nous avons tous des regrets, et aussi – peut-être plus encore – une absence de regrets pour des actions que la société considère comme condamnables. Je lui ai expliqué que je comprenais ce que c'était que vouloir rétablir la justice en corrigeant une injustice, même si ma justice à moi pouvait être considérée comme un crime. Je sais ce que c'est d'avoir mal et de souffrir pour les autres. J'ai essayé de dire tout cela dans mon meilleur espagnol et lui ai demandé si elle me suivait, si elle me croyait. Elle m'a assuré que oui.

Je n'ai pas voulu assister à tout l'échange. Je suis allée dans notre salon où mon frère était en train de dessiner des visages, et l'ai regardé jusqu'à ce que notre mère et notre sœur reviennent dans la maison.

Je tiens à dire que notre famille est entrée dans une phase nouvelle, non seulement de réunification, mais de révélations, qui commencèrent par celle de notre mère qui, quelques jours avant l'arrivée de notre sœur, me raconta ce qui s'était passé lorsqu'elle travaillait dans un restaurant, des années auparavant, ce que lui avait fait subir l'homme qui l'avait engagée et la payait. J'avais dû me douter qu'il lui était arrivé quelque chose de cet ordre, car je n'ai pas réagi par des larmes. Je me suis bornée à écouter, et quand elle s'est tue, le visage défait comme un drap pendant sous la pluie, je l'ai prise dans mes bras et lui ai soufflé que j'étais désolée d'avoir été trop petite pour la protéger ; mais elle m'a répondu que c'était justement la raison pour laquelle elle me racontait cette histoire maintenant : pour me protéger du danger afin qu'il ne m'arrive pas la même chose et, surtout, pour me mettre en garde contre le silence. Le moment venu, elle en parlerait à mon frère et à ma sœur, et aussi à notre père.

Cette nuit-là, j'ai pensé que l'amour va de pair avec les échecs et les excuses. Le seul remède est la compassion. J'ai repensé à cela lorsque ma sœur m'a confessé son acte, son évasion de la prison sur la montagne afin de prendre son avion pour ce pays-ci, parce qu'elle croyait que si nous apprenions la vérité ou si elle nous demandait de remettre le vol à plus tard, nous ne voudrions plus qu'elle vienne vivre avec nous. Elle m'a raconté son périple à travers les départements de Santander, Boyacá et Cundinamarca, empruntant divers véhicules, dormant à côté d'étrangers jusqu'à ce qu'elle arrive chez notre père ; et m'a parlé de cette lettre qu'elle avait écrite avant de partir ce dernier matin, destinée à Horacio, l'homme qu'elle avait ébouillanté, pour lui dire qu'elle était désolée du mal qu'elle lui avait fait et lui souhaiter une bonne vie, mais sans s'attendre à ce qu'il lui pardonne ; elle l'avait donnée à notre père pour qu'il l'expédie, tout en sachant que le courrier en Colombie était peu fiable et qu'il n'y avait aucun moyen de s'assurer que le pli, adressé au restaurant où il travaillait auparavant, était arrivé à bon port.

Entre-temps, nous avions appris que notre père était en chemin pour nous rejoindre. Il avait réussi à gagner Laredo, une ville frontière dont nous avions entendu parler aux informations à cause des expulsions de migrants qui arrivaient pour demander l'asile, fuyant le danger dans leur pays d'origine, et des familles qui y étaient séparées, parents et enfants arrachés les uns aux autres et placés en détention. Il était sain et sauf et à quelques heures de route seulement de l'endroit où il avait commencé son premier voyage dans ce pays avec notre mère et moi. Il avait téléphoné pour dire qu'il était dans un refuge pour migrants tenu par des religieuses qui l'y avaient laissé se reposer. Sur place, quelqu'un l'avait mis en rapport avec un groupe de bénévoles qui l'avaient averti que prendre les cars ou les trains était trop risqué. Ils avaient un réseau qui organisait une série de trajets en voiture et d'arrêts dans des lieux sûrs pour qu'il puisse traverser le pays. Nous attendions son arrivée. Notre mère ne dormit guère pendant toutes ces nuits. Parfois, je quittais la chambre que je partageais avec ma sœur pour aller m'asseoir sur son lit et l'écouter me dire que c'était effrayant de voir toutes ses prières exaucées.

On l'a déposé à la grille des patrons de notre mère. Je l'ai vu monter l'allée. Mon frère et ma sœur étaient au lycée et notre mère dans la grande maison. Je suis allée à sa rencontre, mais mes derniers pas pour franchir l'espace me séparant de lui se sont faits lents et lourds. Il a dit mon nom. Je voyais bien qu'il avait peur que je ne le rejette. Je me suis approchée et ai passé mes bras autour de lui pour l'étreindre. Je suis presque aussi grande que lui maintenant, mais j'ai eu l'impression d'être à nouveau toute petite et je me suis souvenue de son odeur ; nous n'étions plus dans l'allée, mais dans un appartement auquel je n'avais plus pensé depuis des années. Le temps s'était aboli.

Je l'ai conduit jusqu'à la grande maison et l'ai vu noter les proportions des lieux, la douceur du beige sur les murs, assorti aux rideaux, canapés et fauteuils ; enregistrer chaque tableau, tapis et détail décoratif en me suivant de pièce en pièce. J'ai appelé ma mère. Elle est apparue devant nous, tenant un panier à linge qu'elle a laissé tomber en le voyant, et son visage s'est plissé en un cri sans larmes. Il a couru vers elle et l'a serrée dans ses bras tandis qu'elle étouffait de petits gémissements de chaton dans le tissu de sa chemise. Dans ma mémoire consciente, je ne les avais jamais vus ainsi, je n'avais aucun souvenir d'eux se touchant ou même se parlant face à face, mais une familiarité nous a envahis. J'ai senti comme un courant de rivière, un vent sinueux, une artère fulgurante passer à travers mes parents et moi. Je ne savais pas combien de temps ils resteraient ainsi, mais peu importe. Je sentais déjà que l'instant devenait éternel.

Pour le moment, nous habitons encore le cottage en attendant d'avoir mis assez d'argent de côté pour pouvoir loger dans un endroit plus grand. Vous avez sans doute remarqué que je ne vous ai pas dit le nom de la ville. Tant que nous sommes ici, nous sommes vulnérables. Jusqu'à ce que quelque chose change dans les lois et le climat et fasse comprendre aux gens que nous ne sommes pas l'ennemi. Notre famille est au complet à présent, mais il ne se passe pas de jour où je ne redoute de découvrir en rentrant que ma mère ou mon père ont été arrêtés. Ou de l'être moi-même.

Notre père fait du bricolage et des réparations pour un ami des patrons de notre mère. Quand il n'est pas à son nouveau travail, il commence, comme l'ont fait ma mère et ma sœur, et aussi mon frère, à me raconter son histoire, la façon dont est née notre famille, ce que j'ai essayé de mettre par écrit ici, même si les histoires continuent à affluer, même si je sais que le livre de nos vies continuera à s'étoffer avec le temps et la vérité.

Non que la somme de ces pages puisse tout dire sur nous. Il y a des choses que nous ne partagerons jamais, qui resteront au secret ou non dites. Des choses que je garde pour mon journal, comme la question de savoir si je trouverai un jour le genre d'amour que je désire, un amour qui au moins au début ressemblera à ce que mes parents ont éprouvé en se découvrant et en se faisant assez confiance pour partir ensemble vers un monde nouveau. Il y a d'innombrables joies qui ne figurent pas dans ces pages. Des chagrins aussi. Une vie représentée sera toujours incomplète.

Peu après l'arrivée de notre père, nous sommes allés à une fête dans notre ancien voisinage et l'avons présenté à nos amis de l'époque des sous-sols. Quand on a joué une cumbia, il a invité notre mère à danser et nous avons regardé nos parents se balancer et ajuster leur rythme comme s'ils n'avaient jamais été déphasés, comme si les quinze années passées n'étaient qu'une danse interrompue en attendant que commence la suivante. Je me suis interrogée sur la matrice de la séparation et de la dislocation, sur nos années liées à la douleur fantôme de la perte du pays d'origine, parce que maintenant que nous sommes réunis, cette souffrance et cette sensation singulières de manque se sont effacées. Peut-être n'y a-t-il ni nation ni citoyenneté ; peut-être ne sont-elles que des territoires cartographiés à la place de la famille, à la place de l'amour, du pays infini.

REMERCIEMENTS

Aux familles qui voient certains aspects de leur expérience reflétés dans ces pages : vous êtes mes héros. J'ai écrit ce livre pour vous.

Aux victimes et aux survivants de toutes formes de violence, aux personnes déplacées et aux disparus : je vous porte dans mon cœur.

Tous mes remerciements à Ayesha Pande, agent extraordinaire, et à l'équipe littéraire Pande ; à Lauren Wein, toujours visionnaire ; Amy Guay, Meredith Villarello, Alexandra Priamini, Morgan Hoit, Jessica Chin, Alison Forner et tout le personnel d'Avid Reader Press et Simon & Schuster pour le travail que vous avez fait sur ce livre et votre accueil chaleureux.

Je remercie la John Simon Guggenheim Memorial Foundation qui m'a généreusement soutenue pendant ma recherche et l'écriture de ce livre ; Viet Than Nguyen et les *Ploughshares*, qui ont publié un extrait en avant-première. Mes collègues et étudiants de l'université de Miami, et plus particulièrement M. Evelina Galang et Chantel Acevedo ; et tous les amis chers qui m'ont encouragée chemin faisant.

Ma reconnaissance va aussi à ma famille aux États-Unis et en Colombie ; à mes nièces, les plus jeunes des écrivains

Engel ; à mon mari, John Henry, qui me comble d'amour et de rire ; à S, G, et M, mes compagnons adorés.

Et surtout, à ma mère et à mon père pour leur amour, leurs histoires et pour la façon dont ils sont restés unis contre vents et marées.

Composition réalisée par [illegible]

Achevé d'imprimer en [illegible] 2025 en Espagne par
[illegible] Sant Llorenç d'Hortons
N° d'impression : [illegible]
Dépôt légal 1re publication : [illegible] 2025
LIBRAIRIE GÉNÉRALE FRANÇAISE
21, rue du Montparnasse – 75298 Paris Cedex 06
[illegible]

PAPIER CERTIFIÉ

Le Livre de Poche s'engage pour l'environnement en réduisant l'empreinte carbone de ses livres. Celle de cet exemplaire est de :

150 g éq. CO_2

Rendez-vous sur www.livredepoche-durable.fr

Composition réalisée par PCA

Achevé d'imprimer en janvier 2025 en Espagne par
Liberdúplex - 08791 Sant Llorenç d'Hortons
N° d'impression : 125233
Dépôt légal 1re publication : février 2025
LIBRAIRIE GÉNÉRALE FRANÇAISE
21, rue du Montparnasse – 75298 Paris Cedex 06
marketing@livredepoche.com

56/7882/7